A mon amie
lectrice, en
qu'elle s'est
ma 1ère !
Johana

Souffle de neige

Johana Benharroch

Souffle de neige
Roman

LE LYS BLEU
ÉDITIONS

© Lys Bleu Éditions – Johana Benharroch

ISBN : 979-10-377-7722-5

Le code de la propriété intellectuelle n'autorisant aux termes des paragraphes 2 et 3 de l'article L.122-5, d'une part, que les copies ou reproductions strictement réservées à l'usage privé du copiste et non destinées à une utilisation collective et, d'autre part, sous réserve du nom de l'auteur et de la source, que les analyses et les courtes citations justifiées par le caractère critique, polémique, pédagogique, scientifique ou d'information, toute représentation ou reproduction intégrale ou partielle, faite sans le consentement de l'auteur ou de ses ayants droit ou ayants cause, est illicite (article L.122-4). Cette représentation ou reproduction, par quelque procédé que ce soit, constituerait donc une contrefaçon sanctionnée par les articles L.335-2 et suivants du Code de la propriété intellectuelle.

*À ceux qui m'ont remplie de vie,
Ma mère, mon mari, mes enfants.*

La danse est le langage caché de l'âme.

Martha Graham

[Dialogue entre Anzoleto et Consuelo]
— Dis-moi, Consuelita, est-ce que tu me trouves beau ?
— Mais certainement, puisque je t'aime.
— Et si tu ne m'aimais pas, comment me trouverais-tu ?
— Est-ce que je sais ?
— Quand tu regardes d'autres hommes que moi, sais-tu s'ils sont beaux ou laids ?
— Oui ; mais je te trouve plus beau que les plus beaux.
— Est-ce parce que je le suis ou parce que tu m'aimes ?
— Je crois bien que c'est l'un et l'autre. […]
Et il retomba dans le silence, couvrant du regard cette jeune fille que chaque coup d'œil embellissait et transformait à ses yeux.

George Sand, *Consuelo*

Prologue

D'une marche lente et majestueuse, elle avançait vers l'infini, marquant le sable de ses dernières empreintes. *Lacrimosa* résonnait dans sa tête et vibrait dans son corps, son corps qui n'était plus entièrement à elle. Jusqu'à cet ultime instant, elle dansait encore sa vie, elle qui n'avait jamais pu écouter une musique sans imaginer une chorégraphie, ou mettre en scène un moment important de sa vie. Combien de fois avait-elle pensé à y mettre un point final ? Se sentir couler, elle le ressentait depuis bien longtemps, l'avait même écrit à son père la veille de ses dix-huit ans.

Rebecca marchait vers la mer pour s'y plonger définitivement. Elle commença à nager ; son ventre lourd lui donnait déjà un avant-goût de l'aspiration vers les tréfonds marins. Elle s'en voulait de ne pas avoir la joie prétendue pour cet être en devenir. Il lui transformait le corps, le déformait ; elle en était effrayée. Quelque chose de l'ordre du monstrueux ? Mon Dieu non ! Comment accepter une telle idée ? Le poids de la culpabilité s'abattait sur elle pour l'enfoncer un peu plus. Mais l'intérieur de son corps ne lui appartenait pas, elle avait toujours éprouvé une profonde anxiété pour l'intérieur de son propre corps, ou plutôt du corps en général. Comment pourrait-elle être capable d'en sortir une nouvelle vie ? Comment vivre un écartèlement de sa chair ? Comment aimer un être qui allait reproduire une partie d'elle-même ?

Un sentiment de trop plein qu'elle ne pouvait plus gérer la dépassait. Elle nageait, se plongeait dans les eaux pour les ressentir absolument. Elle nageait et ralentissait progressivement, jusqu'à s'immobiliser complètement. Se sentir partir, inerte… résister à cet appel à la vie qui remuait sa chair pour se laisser disparaître…

Chapitre 1
Six ans plus tard…

Talia ressentait une joie mêlée d'appréhension. Tandis que Rebecca lui enfilait ses collants et son tutu rose, la petite fille pointait son pied pour le placer délicatement dans sa ballerine. Elle laissait sa mère brosser ses longs cheveux châtains ondulés qu'elle n'avait jamais coupés depuis sa naissance. Rebecca essayait de se rappeler les gestes pour faire un chignon impeccable : tirer sur les cheveux de sorte à ne laisser échapper aucun d'entre eux pour former une queue de cheval, placer correctement le beignet autour de l'élastique, enrouler autour ses cheveux, fixer une à une les pinces. Elle tentait en vain de retenir les quelques mèches rebelles qui bouclaient le long de la nuque de sa fille. Cette minutieuse préparation demandait une patience que cette dernière n'avait pas. Chaque minute durait trop longtemps avant ce premier cours de danse classique.

Mademoiselle Katie invita les futures danseuses à entrer dans le studio et pria les mamans de revenir une heure plus tard. Rebecca éprouva une vive déception, elle qui aurait rêvé regarder sa fille danser. Elle avait libéré du temps pour profiter pleinement de cette première leçon, ce temps que sa propre mère ne lui avait jamais accordé.

Elle choisit alors sur son portable un *Nocturne* de Chopin, installa ses écouteurs. Elle put alors se couper du bruit de la rue qui l'entourait ; elle se plongea corps et âme dans cet air romantique. Abandonnant la réalité, son esprit projeta l'ancienne danseuse sur scène. Non, ce n'était plus elle, mais Talia. Devenue jeune fille, elle rayonnait sous la douche du projecteur. Elle la vit revêtue d'une longue robe de voile aérien, aux nuances nébuleuses. Le justaucorps scintillait de reflets lunaires ; il mettait en valeur la taille si fine de Talia, tandis que ses jambes élancées dessinaient autour d'elles des mouvements délicats pleins de grâce. Un corps qui maîtrisait aussi une gestuelle incroyablement précise, résultat d'un travail sans relâche. Ce corps de Talia, débarrassé de tout ce qui dépassait chez sa mère, ce corps menu et parfaitement musclé que cette dernière n'avait jamais réussi à modeler avec ses années de modern jazz et sa vie de restrictions alimentaires. Les larmes montaient aux yeux de Rebecca, assise parmi les spectateurs, mère débordant de fierté devant sa propre chair qui incarnait sur scène son rêve le plus profond. Elle se laissa emporter assez longtemps dans sa rêverie pour ne pas voir l'heure passer ; elle finit presque par être en retard pour récupérer sa fille.

De retour chez elles, Talia ne cessait de montrer les premières positions qu'elle venait d'apprendre. Alors qu'elle répétait pour la énième fois le port de bras en première, son père Boaz s'impatientait. Il était rentré avant ses femmes ce soir-là, contrarié par un nouveau système informatique qu'il devait mettre en place dans son entreprise de haute technologie. Il avait déjà dressé la table, pris une douche rapide avant d'enfiler son pyjama. Le dîner devait suivre, mais Rebecca n'était pas là. Elle revivait la danse à travers Talia ; son esprit s'égarait pour laisser toute la place à son corps qui dansait à nouveau. Elle ressentait le bien-être que lui procurait la danse, mais ce sentiment se diluait dans la mélancolie que laisse derrière lui un passé révolu. Une tendre caresse, de son mari, la rappela à sa réalité, qui l'enveloppait d'une douceur rassurante. Cette réalité faite de rituels qu'elle chérissait tant. Les gestes du quotidien l'ancraient dans le réel qui avait tendance à lui échapper ; ils l'empêchaient de se laisser aller à des pensées qui pouvaient la faire sombrer. Ou bien s'envoler.

Le dîner était servi ; la famille passa à table.

Chapitre 2

Je n'aime pas ce regard absent qu'elle a encore eu ce soir. Elle attendait si impatiemment le premier cours de danse de Talia ! Je m'attendais à la retrouver rayonnante de joie ; notre fille allait prendre le relais de sa passion. D'ailleurs, je ne comprends toujours pas ce rapport viscéral qu'elle entretient avec ce simple sport. Qu'elle retourne à la danse plutôt que de se noyer dans la nostalgie de ses cours et ses spectacles ! Avance Rebecca, avance ! Change ton disque, il est rayé ! Arrête de rester bloquée sur ton passé ! Comment se débrouille-t-elle pour toujours mêler du sombre à la lumière de notre vie ? Moi qui l'aime plus que tout au monde, qui suis prêt à tout pour l'épargner, la protéger, la préserver, je ne comprends pas pourquoi elle ne s'ouvre pas tout simplement au bonheur que nous offre la vie, précieux bonheur que je savoure à chaque instant.

J'ai voulu lui caresser la nuque et c'est tout le poids de sa tristesse qui m'a accablé à travers sa peau. Je sens bien son mal-être, mais je ne le comprends pas. Je vois dans ses grands yeux verts ses pensées qui défilent, qui l'empêchent de voir le présent. Mais je sais qu'elle va bien ; rien ne s'oppose au soleil de sa vie.

***

Je sais Boaz, je sais. Tu es si hermétique à la complexité des émotions. Je ne pourrai jamais partager avec toi le poids de mes angoisses. Ta sacro-sainte raison s'impose avec une telle force chez toi que tu en deviens incapable d'appréhender ce qui constitue au moins l'autre moitié d'un être humain : sa vie intérieure, son inconscient... D'un revers de main, tu rejettes mes rêves troublants, mes pensées aux couleurs morbides, l'angoisse du vide qui demeure en moi...

Ton amour a réussi à combler peu à peu ce vide. Tu as su me remplir de vie ; tu es parvenu à sauver cette vie que j'ai voulu anéantir. La puissance de ton amour m'a ramenée à la surface de la terre. Tu penses l'existence de manière si pragmatique que tu parviens à me ramener au réel, même si je n'arrive pas à planter mes pieds dans le sol, parce que mon esprit reste trop attiré par le ciel.

Si tu savais combien je t'aime...

Chapitre 3

Une fois de plus, Talia enfilait l'une de ses innombrables robes de princesse. Elle tentait de ramasser tant bien que mal l'ensemble de sa chevelure soyeuse avec des pinces colorées empruntées à ses Barbies. Après l'école et ses devoirs, elle adorait se plonger dans un monde féérique, où elle dansait la vie. Elle branchait son lecteur CD et piochait au hasard l'un des albums de musique classique que collectionnait sa mère. Peu lui importait le compositeur ou le titre, l'essentiel résidait dans les airs qui la touchaient et lui ouvraient les portes de son imagination.

Elle commençait par d'innombrables allers-retours pendant lesquels elle dansait en marchant. Elle entamait alors une longue discussion dans laquelle elle se projetait dans un monde de fées. Elle revoyait sa marraine qui lui avait offert le don de danser à sa naissance. Ce cadeau reçu au berceau permettait à Talia d'être pleinement acceptée au sein de l'univers féérique. Ainsi son pouvoir surnaturel s'exerçait à travers les mouvements de son corps. Comme chacune des fées, la petite fille possédait elle aussi sa propre licorne pour se déplacer. Une fois le scénario mis en place, Talia abandonnait ses allers-retours pour se mettre à répéter ce qu'elle avait appris à son cours de danse. Elle prenait à ce moment-là son panda Lili, personnage tutélaire qui veillait sur elle pour lui garantir sa place parmi les fées.

Rebecca, elle, préparait le dîner. Elle faisait bouillir dans une marmite des légumes frais achetés le matin même au marché du centre-ville d'Aix-en-Provence. En ce soir d'automne, elle ferait une soupe de saison, potiron, carottes et patate douce. Boaz et Talia aimaient ce potage aux couleurs orangées, qui les préparaient à la fête d'Halloween. Ce qu'ils ne savaient pas, c'est que Rebecca ne se lancerait jamais dans un cake aux carottes ou une tarte à la courge. L'idée de cuisiner un plat l'effrayait par une crainte irraisonnable de le rater. Elle préférait ne pas se lancer dans une recette plutôt que de ressentir la peur panique de l'échec.

La mère, émerveillée par le jeu de sa fille, se laissait submerger par ce spectacle privé qu'elle lui offrait. Sans le savoir, Talia déguisée en princesse permettait à Rebecca de raccrocher ses pensées à la douceur de sa réalité, de fuir ce courant qui risquait à chaque instant de la plonger dans des eaux noires. La mère admirait sa fille et sa capacité à s'évader dans un monde onirique, portée par sa passion pour la danse. Enfant, Rebecca n'avait jamais rêvé d'être une princesse. *Alice aux pays des merveilles*, dans la version de Disney, l'attirait comme un aimant dans son labyrinthe de monde absurde. *Peau d'âne* joué par Catherine Deneuve la faisait rêver avec sa fourrure d'animal mort sur le dos. Rebecca connaissait encore par cœur ces histoires, qu'elle avait mémorisées les mercredis après-midi. Une parenthèse qui lui permettait de se sentir moins seule, une parenthèse rendue possible grâce au foyer débordant d'amour de sa grand-mère paternelle. Elle n'avait jamais pensé à être une princesse.

Chapitre 4

Cette séance de boxe m'a épuisé ! Je suis d'humeur à me battre là ! Que personne ne me chauffe sur le chemin de mon retour. J'ai d'ailleurs peu apprécié cet imbécile de partenaire qui n'a fait que baisser sa garde. La prochaine fois, il prend mon poing dans la figure.

Il commence à faire sérieusement froid. J'ai tellement hâte de prendre une bonne douche bien chaude, profiter ensuite de la soirée avec ma petite femme. Ah oui ! Ne pas oublier de lire à Talia la fin de *Cendrillon*, je lui ai promis hier.

Gauche – droite – crochet ! Low kick ! Qui veut s'affronter à Mike Tyson ? Calme-toi Boaz, tu n'es pas sur un ring ; respire. Tu rentres à la maison là. Il est temps que je fasse accepter à Rebecca d'installer un sac de boxe. Oui d'accord, pas terrible pour la décoration, je dois le reconnaître... Mais bon, l'entraînement, c'est aussi chez soi ! Je ne vais pas frapper sur ma femme, quoique l'envie m'en prenne parfois ! Non, évidemment non. Je veux surtout la serrer dans mes bras, de toute la force de mon amour, pour aspirer tout ce qui la décompose et lui faire sentir toute la beauté qui la compose.

Chapitre 5

Rebecca se promenait en bord de mer, chargée de ses livres préférés. *Belle du Seigneur*, le roman portant pour titre son propre prénom de Daphné Du Maurier, *Rien ne s'oppose à la nuit* qu'elle avait lu récemment... Sa mère marchait à ses côtés. La veille, une pluie violente avait déchaîné la mer. Les vagues s'emparaient de l'espace, avec une énergie surprenante. Elles prenaient leur élan depuis un lointain infini, avançaient d'un pas décidé, sûres d'elles-mêmes et menaçantes. Une force incroyable leur permettait d'atteindre des hauteurs inattendues. Certaines d'entre elles s'écrasaient contre les rochers, ce qui leur donnait encore plus d'assurance pour dépasser la limite de la plage. Elles atterrissaient alors sur le passage piéton et venaient les agresser. Réduit à une vulnérable poussière, le sable disparaissait peu à peu, vaincu par des vagues hors de contrôle.

Fascinée sans être vraiment effrayée, Rebecca observait le spectacle d'une nature devenue surpuissante. Elle était attirée par ce paradoxe des vagues, une force invincible, qui se mouvait pourtant avec une souplesse enivrante. La mer se démultipliait en corps surnaturels qui dansaient dans les bras du ciel. La chorégraphie marine faisait voler en éclats les limites dans lesquelles se trouvaient enfermés les corps humains. Elle perçait le for intérieur de Rebecca tout en embrassant l'ensemble du cosmos.

La mère fit alors remarquer à sa fille que ses livres étaient de plus en plus mouillés par l'eau salée. Rebecca avait bien senti que l'eau trempait ses cheveux et ses vêtements, mais elle n'avait pas réalisé que ses livres l'étaient aussi. Figée sur place, incapable de réagir, elle subissait la scène catastrophique. Elle voyait *Belle du Seigneur* flotter sur le rivage. Il n'était pas encore perdu, elle pouvait encore le sauver en le laissant sécher longtemps. Elle voulait arrêter le massacre, se jeter à terre pour sortir ses livres de l'eau. Mais son corps refusait de lui obéir ; elle était clouée au sol, spectatrice impuissante de la déchéance de ses romans. Affolée, elle voyait à présent *Rebecca* complètement submergé par les vagues. Les pages se détachaient une à une, les lettres disparaissaient les unes après les autres.

La mère souriait face à sa fille, désemparée. Celle-ci essayait de hurler son désespoir et de supplier sa mère pour l'aider à sauver ses livres. Mais aucun son ne sortait de sa bouche qui se désarticulait. La mère continuait à marcher, indifférente à la détresse de Rebecca. Seule son expression faciale se déformait de manière monstrueuse ; désertée par le sang maternel, elle se figeait en un visage inhumain.

***

Ce cauchemar troublant perturba plusieurs jours Rebecca. Elle n'arrivait plus vraiment à parler à Talia ; elle ne laissait plus Boaz l'approcher. Celui-ci sentit instinctivement qu'il fallait laisser sa femme dans sa bulle de silence. Il fit preuve de patience et d'abnégation ; il mit de côté ses propres impératifs pour prendre complètement en charge leur fille le temps que son épouse parvienne à revenir à la surface de leur réalité. Il savait que les nuits de Rebecca étaient souvent hantées par les traumatismes de son enfance.

Chapitre 6

« Rebecca, les cartons arrivent dans une demi-heure. Je vous laisse faire, j'ai un rendez-vous là. Merci de mettre en valeur les nouveautés, et de ne pas les laisser inaperçus dans une pile comme vous l'avez fait la dernière fois.
— Très bien Claudine. À propos de nouveautés... Je voulais savoir... Enfin si c'est possible... J'ai beaucoup aimé le dernier roman de Delphine de Vigan... Je voulais savoir... Ce serait possible d'accompagner les nouvelles parutions d'une note critique de vous ou de moi ? Cela permettrait de guider les clients dans leurs choix... Enfin, je ne sais pas... Une idée que j'ai eue.
— Mais enfin Rebecca, vous vous êtes crue au *Masque et la Plume* ? Restez concentrée sur l'organisation concrète des livres. À tout à l'heure. »
Des livres de quoi ? De cuisine ? De voyage ? Rebecca n'appréciait décidément pas sa patronne, encore moins quand elle nommait « livres » les œuvres littéraires. Elle ne supportait pas ses ordres, pleins de mépris écrasant. Elle ne supportait pas sa façon de balayer d'un revers de main le monde des lettres pour le réduire à un commerce lucratif. Elle ne supportait pas sa froideur et son

indifférence à son égard. Mais il fallait se soumettre à Claudine Duchère, celle qui l'employait comme une moins que rien.

Rebecca détestait les jours où elle devenait main-d'œuvre pour ranger les livraisons et faire l'inventaire du stock. Il fallait aussi compter la caisse les soirs où elle avait en charge la fermeture de la librairie. À tous les coups, elle oubliait un chiffre, ce qui faussait les comptes et l'obligeait à tout recommencer.

Son métier de libraire ne correspondait pas à l'idée qu'elle s'en était faite. Quand elle avait postulé chez Claudine, le nom de sa librairie lui avait déclenché l'envie de découvrir la littérature d'aujourd'hui, elle qui ne jurait que par les classiques. *La page au fil du temps* promettait l'entrée dans le monde littéraire contemporain, de s'ouvrir à la pensée du siècle. Mais non, Claudine choisissait de valoriser les titres qui ne plaisaient pas forcément à Rebecca, et vice versa. Surtout, elle étouffait le moindre élan de son employée quand celle-ci tentait de renouveler son commerce, dont le bénéfice diminuait de mois en mois à cause de la concurrence des ventes en ligne. Rebecca aurait voulu transformer la simple librairie en café littéraire par exemple ; l'atmosphère d'Aix-en-Provence s'y prêtait si bien. Mais Claudine ne voulait rien entendre. Au contraire, elle se plaisait à enfermer son employée dans la place qui lui avait été attribuée dès le départ, à savoir remplacer la patronne quand celle-ci avait des impératifs, notamment assurer l'ouverture ou la fermeture de son commerce, ou encore ranger les livraisons. Bref, la restreindre aux tâches ingrates du métier.

Rebecca n'avait toujours pas retiré son manteau cintré beige au moment où Claudine claqua la porte. Il flattait sa silhouette élancée, mais ne lui tenait pas assez chaud. Elle avait eu froid, si froid sur le chemin de son travail. Elle songeait d'ailleurs à le remplacer, maintenant que l'hiver s'installait définitivement. Le vêtement devait assurer avant tout le confort, réchauffer suffisamment quand il s'agissait d'un manteau. Elle allait le garder encore un peu sur elle, le temps que son corps se réchauffe. Elle rangea alors son sac à main bandoulière, que son amie Esther venait de lui offrir pour ses trente-cinq ans. Elle aperçut le livreur sortir de son camion, les bras chargés de cartons. Une journée recommençait.

Chapitre 7

Une évidence. Leur amitié avait été une évidence. Un lien s'était tissé instantanément dans leur cœur. Esther étudiait dans la même université que Rebecca ; l'une en psychologie, l'autre en lettres modernes. Elles s'étaient rencontrées par hasard au Restaurant Universitaire. Toutes les deux seules à une table, elles avaient décidé de déjeuner ensemble. Alors que Rebecca séparait méticuleusement les grains de riz pour ne garder que les haricots verts, Esther l'observait et comprenait. Elle découvrit rapidement que sa nouvelle amie avait un comportement singulier devant la nourriture, mais sa délicatesse l'avait forcée à s'abstenir de tout commentaire pendant longtemps, jusqu'au jour où elle avait dû intervenir pour empêcher la catastrophe.

Esther et Rebecca commencèrent à parler, et ce fut le début de longues conversations, qui n'auraient jamais fini si la réalité ne les avait chaque fois rappelées à l'ordre.

« Tu fais de la danse toi aussi ? Incroyable ! s'étonna Rebecca.

— Oui, du modern jazz.

— Non !

— J'en ai fait des années dans le Marais, à Paris. Je suis désespérée d'avoir arrêté depuis que j'ai commencé la fac !

— Viens avec moi ! J'en fais au centre du Rond-Point. J'adore mon professeur, Bruno. Ses cours sont très influencés par la technique Martha Graham. Ce qui ne l'empêche pas d'exploiter tout l'éventail de modern jazz. Chacune de ses chorégraphies te transporte dans un nouvel univers…

— Pourquoi pas essayer ? Donne-moi le jour et l'heure du prochain cours ?

— Ce soir !

— Ah ce soir c'est sûr que je ne peux pas ! Je dois encore bosser *L'inquiétante étrangeté*. Tu connais ? Je ne suis clairement pas prête pour mon oral.

— C'est de Freud, je crois ? Oui, je l'avais lu en philo. Alors lundi prochain ?

— Avec plaisir, si ton centre accepte que je débarque en plein milieu du trimestre ! »

Les deux étudiantes se rendaient alors ensemble à la danse, se retrouvaient au cinéma, partageaient des dîners dans leur studio ou au restaurant, selon l'argent du mois qui leur restait. Elles se confiaient leurs rêves comme leurs angoisses. Entre les deux jeunes filles régnait une profonde confiance, qui les avait aidées à grandir pour devenir femmes, épouses et mères. Une très forte amitié était scellée, qui traverserait les années, les épreuves, les joies, les grandes décisions.

Chapitre 8

Il faisait décidément trop froid. Rebecca devait se réchauffer. Elle avait encore fait son jogging très tôt ce matin, à jeun. Elle éprouvait un certain plaisir à se lancer le défi deux fois par semaine de se lever avant tout le monde, avant sa famille, avant la ville. Debout à 6 h, elle enfilait son legging, un tee-shirt et une veste de sport. Sans se laver ni se préparer, elle était dehors dix minutes plus tard, et se mettait à longer le cours Mirabeau, contournait la Rotonde pour ensuite courir à travers la vieille ville, alors que la plupart des gens dormaient encore.

Elle aimait infliger cette discipline à son corps. Lui imposer un effort au saut du lit, sans même lui avoir donné de quoi nourrir cet effort. Elle éprouvait une immense satisfaction à relever ce défi matinal, avant même de réveiller sa fille pour enclencher la routine de la journée. Les câlins de Rebecca prenaient alors le relais de la chaleur du lit qui enveloppait Talia. Celle-ci faisait une rapide toilette et enfilait la tenue soigneusement préparée la veille par sa mère. Aujourd'hui, elle porterait une robe salopette de velours jaune avec un haut bleu marine. Elle devrait encore supporter les collants épais de laine que lui imposait Rebecca de novembre à mars. Non seulement elle était encore trop petite pour porter des collants fins, qu'elle aurait déchirés en moins d'une heure dans la cour de récréation, mais en plus ce modèle de collants ne tenait pas assez chaud. Comme Talia refusait de porter autre chose que des robes et des jupes, elle n'avait pas d'autre alternative que d'accepter ces insupportables collants.

Rebecca savourait le moment du petit déjeuner pendant lequel elle observait Talia. La petite fille commençait par déguster un peu de beurre d'amande ; elle entamait ensuite sa brioche et finissait avec un kiwi coupé en deux, qu'elle creusait à la petite cuillère. Elle se réchauffait d'une tisane à la réglisse, que sa mère avait laissé infuser suffisamment à l'avance pour qu'il ait la bonne température. Une fois qu'elle s'était assurée que Talia ne manquait de rien pour démarrer la journée, Rebecca s'attelait à son propre petit déjeuner : deux œufs au plat accompagné de feuilles d'épinard fraîches, une cuillère de beurre d'amande, le tout arrosé de thé vert. Mais les matins précédés d'un dîner qu'elle avait estimé trop riche, elle se contentait d'une tasse de thé Earl Grey avec un nuage de lait d'avoine.

Talia se pressait de se brosser les dents, tandis que Rebecca débarrassait la table. Elle regrettait chaque matin de ne pas avoir partagé ce moment avec Boaz ; mais il quittait la maison avant même que Talia ne soit réveillée. Cela rendait les petits déjeuners du week-end encore plus précieux.

La petite fille n'avait aucun mal à se séparer de sa mère quand elle arrivait à l'école. Bien au contraire, après un baiser hâtif à Rebecca, elle se précipitait vers son groupe de copines qui l'attendait. Sa mère la regardait à travers les grilles du portail, et ressentait toujours la même impression. L'aisance de sa fille dans sa manière de s'adresser aux autres la surprenait à chaque fois. À travers la gestuelle de cette dernière, elle comprenait que Talia dirigeait ses amies avec une assurance qu'elle-même n'avait jamais connue.

Elle reprit le chemin pour rentrer chez elle. Elle avait froid. C'était mercredi, son jour de congé. Elle avait le temps de se plonger dans un bain.

Chapitre 9

Quand le temps lui permettait, Rebecca s'accordait un moment de répit grâce au rituel du bain. Elle faisait couler de l'eau bien chaude dans laquelle elle versait des sels roses poudrés qui se transformaient en mousse. En attendant que la baignoire se remplisse, elle préparait son visage en le gommant de toutes les impuretés qu'elle avait accumulées, pour ensuite le recouvrir d'un masque hydratant. Elle récupérait ainsi la qualité du grain de sa peau. Elle allumait enfin deux ou trois bougies, pour remplir la pièce de pénombre.

Elle se plongeait alors dans cette mousse poudrée de rose. La chaleur qui enveloppait progressivement l'ensemble de son corps provoquait en elle une sensation de plaisir singulier. En même temps qu'elle sentait chacun de ses muscles se détendre, elle avait l'impression très agréable de disparaître. Elle fermait alors les yeux, et la valse des pensées noires commençait. Rebecca entamait un dialogue avec elle-même, qui la conduisait vers ses angoisses les plus profondes. Elle pouvait s'enliser dans une spirale effrayante en se projetant à l'enterrement de ses grands-parents. Elle pouvait encore s'imaginer Talia gravement malade, à peine capable de formuler des mots sur son lit d'hôpital. Elle se représentait parfaitement la scène : on l'aurait appelée à la librairie ; elle se serait jetée dans un taxi pour se précipiter aux urgences. Ces scènes jouées dans sa tête étaient toujours accompagnées d'une musique appropriée au drame qu'elle inventait. Elles naissaient de sa profonde conviction que tout pouvait basculer à n'importe quel moment de l'existence.

Rebecca se tenait ainsi compagnie dans la solitude de son bain. Cette solitude inhérente à son être depuis sa plus tendre enfance.

Ce rituel prenait souvent fin avec l'arrivée impromptue de Boaz. Il ouvrait la porte avec son sourire qui éclairait la salle de bain d'une lumière humaine. Il appuyait alors vivement sur l'interrupteur pour mettre un terme à l'obscurité.

« Allez, on sort du bain ! On revient à la réalité et on arrête de brasser du noir ! Talia et moi t'avons préparé ton apéro préféré. Alors, rhabille-toi et rejoins-nous ! »

Contrariée d'avoir été interrompue en plein monologue intérieur, Rebecca remerciait néanmoins Boaz et sa joie de vivre, ce don qu'il avait de planter son corps dans la réalité, de l'accepter et d'en tirer le meilleur parti.

Chapitre 10

Comme chaque dimanche matin, Boaz se leva de bonne humeur pour préparer le brunch familial. Il prit au hasard dans son armoire un jean, une chemise à carreaux bleus et verts. Il se chaussa de ses éternelles Timberland et fila à la boulangerie. Talia était déjà réveillée, revêtue d'une robe de princesse, prête à démarrer ses allers-retours pour qu'apparaisse son monde de fées.

« Papa, tu peux me ramener des réglisses s'il te plaît ?
— Mmm… Maman ne va pas être contente…
— Allez s'il te plaît mon papa, ça fait tellement longtemps que je n'ai pas eu de bonbons ! rétorqua la petite fille, exagérant la mine contrariée, bras croisés et sourcils froncés.
— Bon… d'accord mais on ne dit rien à maman, sinon elle va encore imaginer que ce sucre t'empêchera de devenir danseuse ! »

Boaz ne pouvait résister au charme de sa fille. Mais il savait aussi que Rebecca était capable de réactions démesurées face aux excès alimentaires.

« Merci papa ! T'es le meilleur de tous les papas ! s'enthousiasma Talia, le visage cette fois-ci sincère, inondé de joie, sautant au cou musclé de son père. »

De retour chez lui, Boaz glissa discrètement les réglisses dans la main de sa fille. Elle savoura ses sucreries en cachette, pendant que Rebecca prenait le temps de sortir du lit. Elle savait qu'elle était déchargée de la tâche du petit déjeuner le dimanche matin. L'odeur du pain grillé lui donnait envie de le savourer avec du miel. Mais non, sa rigoureuse discipline lui imposait de supprimer tous les sucres rapides le matin. Elle avait gardé son pyjama rayé gris et blanc. Elle aimait le contact du coton pur sur sa peau. Elle n'était pas le genre de femme à revêtir soie et dentelles pour ses tenues d'intérieur. Elle devait avant tout se sentir à l'aise.

La table était alléchante. Œufs brouillés, saumon fumé et salade de roquette pour le salé. Smoothie, miel et nutella pour le côté sucré. Au centre trônaient les tranches de pain grillées, soigneusement réparties par Talia dans le panier d'osier. Tandis que Boaz s'affairait à la préparation des cafés, la petite fille grimpait sur son tabouret pour attraper le lait et aider son père à confectionner les Lattes que Rebecca aimait tant. Elle savait qu'elle aurait le droit au lait mousseux aromatisé d'une goutte de café, comme les grands.

La famille se régalait de ce petit déjeuner de la semaine pendant lequel chacun se détendait à sa manière. Boaz avait le plaisir de partager ce repas avec ses femmes. Talia exagérait les doses de Nutella sur ses tartines, sans commentaire de sa mère. Rebecca essayait de manger sans calculer le poids des calories qu'il faudrait ensuite compenser.

Chapitre 11

Talia sortait toujours la dernière de sa classe. Très occupée à papoter avec les unes et les autres, elle faisait systématiquement attendre Rebecca sans aucun remords. Celle-ci ne lui en voulait pas ; elle était tellement heureuse de savoir sa fille épanouie à l'école.

La nuit commençait à pointer en cette après-midi de décembre. Talia ne cessait de parler. Son flot de paroles lui permettait de faire partager sa journée dans toutes ses dimensions possibles, depuis la dispute avec sa copine Juliette jusqu'à la dictée où elle considérait injuste son résultat, persuadée que la maîtresse s'était trompée. Son assurance était telle qu'elle ne pouvait envisager les limites de son savoir. Du haut de ses six ans, elle était persuadée de tout connaître. Ce sentiment de surpuissance déplaisait fortement à sa mère, au point qu'elle en venait souvent à se mettre en colère, malgré son calme naturel. Une fois de plus, elle tentait d'expliquer à sa fille qu'elle devait travailler l'accord du groupe nominal au pluriel, et que la dictée était l'occasion de s'en rendre compte pour y remédier. Mais Talia rebondissait d'argument en argument, n'hésitant jamais à recourir à la mauvaise foi pour maintenir sa position.

Une fois les tensions apaisées, Rebecca proposa à Talia de faire un détour par le cours Mirabeau pour profiter des illuminations de Noël. La petite fille adorait se promener la nuit avec ses parents. Elle se sentait grande ; la peur du noir mêlée à l'excitation était décuplée par la magie des décorations de fin d'année. Rebecca se laissait emporter par la joie naïve de sa fille. Pour elle au contraire, la tombée de la nuit l'étouffait. C'était comme si une force encerclait ses côtes et l'empêchait de respirer. Elle aurait d'ailleurs voulu hiberner de novembre à mars, le temps que le soleil reprenne ses droits. La disparition du jour en plein milieu de l'après-midi résonnait en elle comme la disparition de la vie. Aussi la marche nocturne serrée contre sa fille la réconciliait-elle un peu avec l'hiver.

« Regarde maman, on dirait un feu d'artifice de toutes les couleurs ! s'exclama Talia.

— C'est magnifique, oui... »

Rebecca se laissait imprégner de l'ambiance féérique des lumières célestes. Elle n'opposa aucune résistance à la rêverie qui s'offrait à elle. Elle s'amusa à partager les idées imaginaires des jeux de Talia.

« Tu sais quoi ? J'ai l'impression que tes fées nous observent derrière ce ciel coloré. »

Talia, interloquée d'abord, saisit l'occasion pour entraîner avec elle sa mère dans son monde.

« Mais oui maman ! Regarde encore plus haut ! Tu arrives à voir le bout d'aile ? Là ? demanda-t-elle en pointant son doigt. C'est la licorne de la fée des Lilas !

— Bien sûr que je la vois ! Et la poussière d'étoiles ? Tu crois qu'elle vient de sa baguette magique ? »

Un pas après l'autre, mère et fille poursuivaient leur chemin tandis que leurs idées s'envolaient librement dans le ciel onirique.

***

Elles étaient seules, seules avec la nuit insaisissable, maîtresse du monde des ombres. Alors que l'une restait inerte sur le sol, les yeux anormalement ouverts vers le ciel, le corps figé dans une pose de supplique, l'autre se paralysait, incapable de réagir face à ce renversement inattendu de leur destin. Pourquoi elle, qui souffrait d'un mal être incurable, aurait-elle le droit de continuer à jouir de la vie ? Pourquoi l'autorisait-on à supporter encore le poids de l'existence alors qu'elle aurait voulu disparaître ? Pourquoi ne pas laisser en vie celle qui venait à peine de la commencer ?

« Non… non… non, gémissait Rebecca, agitant sa tête sur l'oreiller, ses cheveux roux plaqués sur son visage par la transpiration.

— Rebecca, réveille-toi, lui murmurait Boaz. »

Il tentait de réveiller sa femme de son terrible cauchemar, encore une fois. Il la caressait pour l'aider à ouvrir les yeux et revenir à elle.

« Tu as encore fait un mauvais rêve…

— Je sais… »

Les yeux baignés de larmes, Rebecca se blottit dans les bras de son mari pour le rassurer, en lui faisant croire qu'elle se rendormirait. Elle savait qu'elle traverserait le reste de la nuit l'esprit agité par des angoisses qui n'avaient jamais cessé de l'oppresser.

Chapitre 12

Boaz n'aurait jamais imaginé épouser une femme aussi fragile. Elle lui donnait l'impression d'être dépourvue de peau pour la protéger des aléas de l'existence.

Il l'avait rencontrée dans une soirée étudiante de son école des Arts et Métiers à Aix-en-Provence. Avec son groupe d'amis, ils se détendaient enfin, débarrassés de leurs examens. Ils avaient pleinement profité de leur journée du mois de juin, et s'étaient plongés dans l'ambiance de la fête tôt dans l'après-midi avec quelques bières sur la Place des Cardeurs. Compagnon de leur bonne humeur, le soleil brillait de tous ses éclats et rayonnait encore d'une lumière crépusculaire quand la soirée commença.

Dans le vacarme de la musique et des voix, Boaz sirotait son énième verre de bière en observant les jeunes filles qui arrivaient en groupes ou à deux, mais jamais seules. Elles avaient toutes fait des efforts pour séduire, chacune selon son style : les sophistiquées et les naturelles travaillées aux deux extrêmes, les sexy provocantes, les gothiques ou les rock'n'rolls. Après une année consacrée aux études, pendant laquelle il n'avait connu aucun flirt,

Boaz ne pouvait qu'apprécier ce défilé d'étudiantes aussi attirantes les unes que les autres.

Tout à coup, il distingua une cascade de boucles rousses, pleines de sensualité ; il observait la jeune fille de dos. Il ne lâchait plus du regard cette fine silhouette, dont la chute des reins était mise en valeur par un pantalon blanc léger en lin. Elle dansait au son des percussions, dans une telle symbiose avec le rythme que Boaz sentit que la danse faisait vivre ce corps. Il s'aperçut ensuite que la jolie rousse n'était pas seule ; il pouvait regarder son amie de face, mais n'éprouva aucune attirance à son égard. La façon dont elles dansaient ensemble révélait la force de leur lien. Leurs gestes s'accordaient à merveille, elles échangeaient des regards complices qui les dispensaient de parler par-dessus le bruit assourdissant ; elles semblaient être seules sur la piste devenue scène, sans prêter attention à ce qui pouvait les entourer. Pourtant leur duo ne laissait personne indifférent, d'autant plus que l'amie en question avait tout mis en œuvre pour attirer les yeux : mules pointues rehaussées de talons, minijupe en jean qui permettait de profiter de ses jambes élancées, haut moulant suffisamment court pour dévoiler un début de ventre plat et musclé. Le style provocant. Aux premières notes de *Salama*, les deux étudiantes se déchaînèrent sur l'air oriental de Dalida. Leurs hanches ondulaient tandis que leurs épaules se secouaient harmonieusement, libérant bras et mains dans un mouvement plein de grâce.

Boaz ne voyait rien d'autre que cet être plein de charme qui dansait. Contrairement aux autres filles, elle ne semblait pas avoir prêté trop d'attention à sa tenue. Son débardeur rose pâle un peu informe ne cherchait pas à mettre en valeur ses atouts féminins ; ce choix disait plutôt qu'elle cherchait simplement à se sentir à l'aise pour danser. Les amis de Boaz n'existaient plus. Ils se mirent à le charrier en constatant que même les coups, un peu trop forts, sur l'épaule, le laissaient de marbre, réaction surprenante pour ce boxeur reconnu de tous. Le jeune homme n'entendait plus rien. La danseuse le captivait tout entier ; son regard, sa pensée, son être.

« Je crois que tu as tapé dans l'œil du crâne rasé, là-bas au bar, prévint Esther.

— Oui, bien sûr ! Laisse-moi tranquille. Chut ! C'est ma chanson préférée de Santana ! »

Rebecca se laissa emporter par le rythme enivrant de *Maria Maria*, sans se préoccuper de la remarque de son amie, jusqu'au moment où Boaz s'avança vers elle. Il prit sur lui pour essayer de bouger son corps capable de cogner, mais affreusement maladroit pour suivre le rythme de la musique. Tant bien que mal, il essaya de s'immiscer entre les deux copines, qui se resserraient discrètement pour faire face à l'intrusion de l'inconnu. Rebecca se sentait de plus en plus mal à l'aise ; Esther feignait de contrôler la situation au début. Peu à peu, cette dernière pressentait que quelque chose se jouait pour son amie. C'est alors qu'elle relâcha la garde ; elle enchaîna quelques pas dansés pour s'échapper de la scène, qui allait se jouer sans elle.

Boaz fixa de ses yeux marron foncé le regard gêné de Rebecca, qui baissait légèrement la tête, laissant tomber des boucles protectrices devant son visage. Elle parvenait toutefois à observer ce garçon qui l'attirait malgré elle. Ses vêtements sans prétention la rassuraient. Des Timberland usées, elle remontait son regard le long de son jean démodé, continuait sur son tee-shirt blanc col V, pour terminer sur son visage. Le teint hâlé, assombri par une barbe de quelques jours, plut d'emblée à Rebecca. Elle fut aussi séduite par le crâne rasé. Elle se surprit à éprouver le désir que ce visage à la fois viril et hésitant l'embrasse... Elle se ressaisit aussitôt et s'apprêta à s'enfuir de cette piste qui glissait vers des sentiments inconnus.

Boaz reprit confiance en lui, cette confiance physique qu'il avait construite au fil de ses années de combat. Il planta son regard dur mêlé de tendresse dans les yeux verts profonds de la jeune fille ; elle se laissa envelopper de la bulle qui la faisait flotter peu à peu. Elle se libéra de sa méfiance, et plongea à son tour son regard dans celui de Boaz... À cet instant précis, l'attirance physique se doubla de la puissance d'un sentiment encore abstrait, qui les dépassait tous les deux. La réunion de deux âmes qui s'étaient cherchées pour retrouver une unité.

Chapitre 13

Rebecca et Boaz se marièrent un printemps, sous le soleil de la Provence fleurie et parfumée de lavande.

Ils avaient commencé leur histoire d'amour en l'écrivant. L'étudiant d'Arts et Métiers avait dû partir au Canada le lendemain de leur rencontre. Un an d'études l'attendait à l'étranger. Rebecca avait accepté cette nouvelle de la même manière qu'elle avait vécu cette soirée inattendue ; un chemin inconnu qui n'avait pourtant rien d'angoissant.

Les deux jeunes gens échangèrent régulièrement de longues lettres dans lesquelles ils apprenaient à se connaître. Tandis que leur relation épistolaire approfondissait leur sentiment amoureux, la proximité physique leur manquait de plus en plus. Boaz trouvait trop longue l'attente qu'imposait la correspondance ; plus il guettait la précieuse enveloppe, plus il souffrait de l'absence de l'être aimé. Au contraire, Rebecca savourait ces jours nécessaires à la lettre pour arriver jusqu'à elle. Elle avait ainsi le temps de se rejouer la scène de leur rencontre, s'imaginer leurs retrouvailles… un moment de joie absolue… ou de déception complète, selon son humeur. Elle s'entêtait à refuser les échanges par courrier électronique. À cette époque, elle maîtrisait bien peu l'usage de l'ordinateur, alors que Boaz s'ouvrait au monde de l'informatique, qui offrait un champ infini de possibles. Mais il acceptait que sa bien-aimée appartienne au monde qui n'avait jamais été le sien, celui des lettres, des livres, des idées abstraites. Cet univers propre à la jeune fille redoublait son envie de la protéger de son imaginaire désenchanté, qu'il pressentait au fil de leurs échanges.

Mais un matin, il en eut assez de se plier aux exigences littéraires de Rebecca. Être privé de la contacter avec les moyens modernes de son temps devenait décidément trop frustrant. Il prit son mobile et lui envoya tout simplement un SMS, comme tout le monde.

Dame de mon cœur, acceptez-vous de profiter des moyens de communication moderne pour nous écrire plus qu'une fois par semaine ? Tendres baisers. Votre chevalier.

Voilà, le message était parti. Il verrait bien.

Rebecca finissait de laver la vaisselle de son déjeuner quand elle entendit la sonnerie d'un SMS. Plongée dans une réflexion sur son mémoire au sujet de la correspondance entre Gustave Flaubert et George Sand, elle oublia aussitôt ce message. Comment orienter sa troisième partie pour ouvrir la voie à un éventuel DEA ? Et si cette inversion des rôles de l'homme et de la femme, qu'elle avait analysée dans la relation des deux écrivains, lui permettait d'entrer dans la recherche des *gender studies* ? Ces travaux en vogue s'interrogeaient, entre autres, sur l'hypothèse d'une écriture caractérisée par le

« genre » de l'écrivain, homme ou femme. La jeune fille s'empressa de finir sa tâche ménagère pour aller noter, avant d'oublier, les brides de pensées qui nourriraient la fin de son travail de maîtrise.

Boaz, complètement déçu du silence de sa correspondante, enfila son sac à dos, négligea de débarrasser la table de son petit déjeuner, sans se soucier de ses colocataires. Il se glissa dans le froid de Montréal, sans se rendre compte qu'il avait oublié bonnet et gants. Il prit le bus pour se rendre à son université, le cœur lourd de ne pas avoir réussi à convaincre Rebecca d'un échange plus rapide, en s'étant en plus donné la peine de donner des allures médiévales à son texte qui aurait dû lui plaire.

Rebecca se rendit à pied à la Bibliothèque Universitaire. Le vent soufflait tellement fort qu'elle avait du mal à avancer. Le soleil de février, qui réchauffait le début d'après-midi, l'aidait toutefois à affronter ce mistral propre à la région. Avant de franchir les portes de la bibliothèque, elle vérifia que son mobile était bien en mode silencieux. C'est à ce moment-là que la sonnerie du SMS lui revint à l'esprit. Quelle ne fut pas sa joie quand elle découvrit le message de Boaz ! Elle n'avait pas osé se lancer dans un tel échange, de peur que la modernité du SMS abîme la manière dont se tissait leur relation. Elle répondit spontanément :

Cher chevalier, vous me voyez ravie de recevoir cette missive inattendue. Je pense si fort à vous que mon cœur risque d'éclater. À très vite. Votre dévouée dame.

Boaz se jeta sur le message à peine la sonnerie avait-elle retenti. Soulagé de la réponse de Rebecca, il se demandait encore ce qu'elle pensait de son initiative.

La jeune fille se décida à l'appeler le soir même, après son cours de danse. Elle se doucha rapidement, puis elle ouvrit son canapé-lit pour s'installer confortablement dans la chaleur de son studio. Il devait être environ quinze heures pour Boaz.

« Allô, c'est Rebecca… lança-t-elle d'une timide voix.

— Je suis content de t'entendre ! chuchota le jeune homme. Mais je ne peux pas te parler là, je suis en pleins travaux pratiques.

— Oh ! Désolée de t'avoir dérangé !

— Pas grave ! Je te rappelle d'ici une heure. »

Ce fut le début de conversations téléphoniques qui s'étendraient de jour en jour. Après s'être assuré que Rebecca appréciait les échanges par SMS, Boaz lui avait proposé de s'appeler tous les jours, après la fin de ses cours à lui, ce qui correspondait à peu près à vingt-deux heures chez elle. Peu à peu, les messages cessèrent de se cacher derrière le registre du roman courtois pour devenir plus directs, plus osés parfois, mais toujours débordants d'amour. C'est ainsi que Rebecca et Boaz apprirent à se connaître, à construire leur couple malgré la distance. La jeune fille passait ses journées à attendre les messages de son amoureux, puis ses soirées à guetter les coups de fil nocturnes, qui débordaient progressivement sur son temps de sommeil. Elle termina sa maîtrise de lettres modernes avec des cernes de plus en plus creusés, mais un cœur rempli au point qu'elle le sentait parfois prêt à exploser.

Chapitre 14

Le jour tant attendu arriva enfin. Après un très long vol, perturbé par de nombreuses turbulences, Boaz atterrit à l'aéroport de Marignane. Il n'avait pu fermer l'œil pendant tout le trajet, tellement son impatience de revoir Rebecca était grande. Malgré sa fatigue, il marcha d'un pas rapide en direction de sa résidence étudiante. Ses amis l'attendaient ; lui attendait Rebecca. Aussi, les salua-t-il brièvement malgré l'année passée à l'étranger, puis il se précipita sous une douche rapide pour revigorer son corps et son esprit. Il faisait déjà très chaud pour un début de mois de juin. Il sortit au hasard de son placard un débardeur, un bermuda et des tongs qu'il avait laissés à Aix, et entama le long chemin qui le conduirait jusqu'à la fontaine de la Rotonde.

Rebecca avait aussi traversé la nuit les yeux ouverts sur la scène qui allait se jouer le lendemain. Elle avait peur d'avoir oublié le physique de Boaz. Et si ce crâne rasé la dérangeait ? Et si son corps était trop mou ? trop gros ? trop musclé ? Et si ses mains étaient repoussantes ? Puis elle s'inquiéta du comportement du jeune homme. Et s'il n'était qu'un vaurien qui l'avait dupée pendant un an ? Un étudiant comme les autres qui se serait amusé à Montréal tout en lui promettant qu'elle était son âme sœur ? Et s'il avait attendu de la voir en chair et en os pour rompre une relation qui n'avait, au fond, jamais vraiment commencé ? Tandis qu'elle enfilait une robe en coton léger, bleue à pois blancs, elle continuait à multiplier ses interrogations. Elle n'avait pas du tout la tête à réfléchir à son style, mais elle fit l'effort de remonter ses cheveux avec quelques pinces à chignon afin de dégager son cou et son visage ; elle aurait un peu moins chaud. Elle maquilla ensuite ses paupières d'une légère ombre marron irisée, et souligna ses cils supérieurs d'un trait brun, en se rappelant les gestes que lui avait montrés Esther « pour mettre en valeur tes beaux yeux verts. »

Rebecca marchait très lentement. Secouée par diverses émotions, elle brûlait de l'intérieur ; les rayons du soleil ne faisaient qu'amplifier sa sensation. Son cœur battait la chamade, ses paupières tremblaient. L'excitation de revoir Boaz atteignait son paroxysme en même temps qu'une terrible appréhension. Et s'ils ne se reconnaissaient pas ?

L'image que l'étudiant avait cristallisée ne correspondait pas à la réalité. Rebecca était encore plus belle que dans son souvenir. Sa chevelure soyeuse prenait des reflets dorés sous le soleil ardent. Il aurait voulu se plonger dans ses yeux profonds qui parlaient à sa place. « C'est bien toi, cher chevalier », lui disaient-ils. Il se sentit suffisamment confiant pour s'approcher de la jeune fille. Celle-ci flottait dans un bien être qu'elle éprouvait pour la première fois. Leurs lèvres, qui avaient déjà formé assez de mots, se rejoignirent dans un même élan. Leurs sens s'éveillaient à ce premier contact physique. La naissance d'un désir qui enflammait leurs corps les transcendait. Leurs histoires du passé s'estompaient et disparaissaient ; s'écrivait alors le début d'une histoire d'amour absolu. Boaz s'unirait à Rebecca pour devenir une seule chair.

Chapitre 15

Le jeune couple enfin réuni déambulait dans les rues d'Aix-en-Provence, sans savoir vraiment où aller. Perdus dans leurs pensées et leurs émotions, Rebecca et Boaz se tenaient la main serrée l'une contre l'autre, à la fois gênés de se regarder et brûlés par l'envie de se toucher. Seule la soif provoquée par le soleil au zénith pouvait être avouée.

La jeune fille proposa alors de se diriger vers son studio. Elle venait d'acheter un thé vert Sencha qu'elle proposa de déguster avec elle. Boaz s'efforça de se montrer enthousiaste à cette idée ; il n'allait pas lui expliquer son ardent désir de découvrir plutôt son corps pour apaiser la chaleur qui l'envahissait.

L'un derrière l'autre, ils grimpèrent les étroits escaliers propres à ces anciens immeubles de Provence. Déséquilibrée par son entrée étriquée et ses sentiments emmêlés, Rebecca trébucha en ouvrant la porte. Boaz n'hésita pas une seconde pour saisir la jeune fille sans ses bras, exagérant l'étreinte comme s'il se devait de la sauver d'un danger. Rebecca sentit toute sa tension se relâcher, tandis que les muscles de Boaz se raidissaient. Il l'embrassa. Il se débarrassait de toute la pudeur qu'il s'était imposée jusque-là, en même temps qu'il la déshabillait. La beauté de la danseuse nue le fascinait ; sa souplesse s'accommodait à chacun de ses mouvements à lui. Il voulait la posséder entièrement ; elle se laissait découvrir et apprivoiser par le corps dont elle avait tant rêvé. L'envie de ce corps pétillait dans toute sa chair. Le désir guidait ses gestes ; la virilité de Boaz redoublait son besoin de le caresser. Leurs corps s'accordaient harmonieusement pour les conduire à l'explosion d'un plaisir intense qu'ils éprouvaient pour la première fois. Ils ne savaient pas encore que cette alchimie physique ne cesserait de s'intensifier à mesure que leur amour grandirait.

Chapitre 16

Isaac implora l'Éternel au sujet de Rebecca, parce qu'elle était stérile.

Cette phrase avait toujours résonné dans l'esprit de Rebecca. Elle avait découvert la beauté des textes bibliques lors de ses études littéraires. L'histoire de ce personnage féminin l'avait particulièrement touchée. Elle s'était sentie moins seule dans sa peur de la stérilité. Une sorte d'identification avec l'une des matriarches qui portait son propre prénom.

Sa capacité à être féconde n'avait jamais été une évidence. Au contraire, Rebecca avait vécu l'attente de ses règles avec beaucoup d'angoisse. Ses amies devenaient femmes les unes après les autres, tandis qu'elle ne voyait toujours rien arriver dans son corps. Elle guettait avec de plus en plus d'inquiétude l'arrivée de la fameuse tache marron rouge, lui avait-on dit. Son corps trop maigre à l'âge où il devait s'épaissir avait alors dû subir un traitement douloureux pour mettre en route de manière artificielle son cycle menstruel. Aussi Rebecca s'était-elle convaincue qu'elle serait condamnée à la stérilité.

Elle n'avait jamais osé en parler à Boaz au début de leur mariage. Mais à la deuxième fausse couche, elle dut lui révéler cette angoisse profonde de rester un corps incapable de se remplir.

***

Rebecca se voit enceinte, mais d'une manière très bizarre. Son bébé est porté par trois personnes en même temps : son père, sa grand-mère et son grand-père. Le patriarche tremble de voir mourir sa femme si c'est elle qui donne la vie à l'enfant. Le père de Rebecca, quant à lui, reste de glace, indifférent au dilemme qui se joue pour lui-même, pour ceux qui l'ont créé, et pour celle qui vient de lui. Le visage de la grand-mère se creuse de mille sillons à mesure que la blancheur recouvre sa longue chevelure. Rebecca se blottit dans les bras de ce corps tant aimé, fripé et rétréci, qui disparaît au moment où l'enfant surgit du ventre de sa petite fille. Celle-ci se met à trembler de froid ; son père ne réagit toujours pas.

Rebecca se réveilla de ce rêve étrange, sans savoir que Boaz l'avait mise enceinte cette nuit-là. Esther lui avait expliqué à quel point il fallait accorder de l'attention aux rêves pour accéder à l'inconscient. La jeune femme mesurait toute l'importance de ce songe déroutant, qui avait troublé une fois de plus son sommeil. Il lui disait que la lutte contre le temps restait vouée à l'échec ; elle devait accepter le cycle de la vie, qui emporterait avec lui sa grand-mère, celle qui incarnait le seul amour reçu dans son enfance. Ce rêve lui disait encore que donner la vie à son tour serait le seul moyen d'accompagner le temps, main dans la main. Elle sentait éclore les prémices d'une pensée féconde, se remplir à son tour, combler le vide qui l'étouffait, ce vide qui s'était creusé dans son ventre depuis qu'elle était sortie de celui de sa mère qu'elle n'avait jamais vraiment connue.

Chapitre 17

Devant la porte d'entrée, Talia attendait fébrilement sa mère. Elle n'avait même pas réalisé qu'elle avait mis ses bottes à l'envers tellement elle était pressée de rejoindre ses copines pour leur annoncer la grande nouvelle : la petite souris était passée ! De son sourire édenté, elle empoigna la main de Rebecca enfin prête, et la tira vers le chemin de son école *Les Fenouillères*.

Le flux de paroles débordait de la bouche de Talia, sans aucun répit pour sa destinataire. Du jeu de mots sur le nom de l'école « Fenouillères » qu'elle décomposait en « fenouil » mélangé au « gruyère », elle rebondissait sur des questions à n'en plus finir sur la petite souris et son commerce de dents, pour ensuite rapporter les commentaires de Juliette sa copine au sujet de sa nounou aux ongles cassés. Rebecca, mal réveillée après une longue insomnie, s'efforçait de faire bonne figure, mais ne souhaitait qu'une seule chose, que sa fille se taise !

Après l'avoir embrassée rapidement, Talia lâcha sa mère devant le portail de l'école. Cette dernière se sentit libérée du poids de la culpabilité maternelle, qui exige l'ignorance de soi pour assurer une disponibilité totale à son enfant. Elle marcha le long de l'avenue Henri Poncet, et poursuivit tranquillement son chemin pour se rendre à son travail. Elle avait le temps de s'arrêter au *Caffé-Cardeurs*. Elle pourrait ainsi se replonger dans les pensées qui l'avaient saisie en pleine nuit.

« Un cappuccino s'il vous plaît, au lait écrémé et sans cacao.

— C'est noté ! Je vous ramène ça tout de suite, lui répondit aimablement le serveur habitué à sa cliente. »

Elle savourait à la petite cuillère la mousse onctueuse que seul savait faire le barman de ce café. Elle se rappelait alors quelle enfant elle avait été à l'âge de Talia. Une enfant perturbée par l'absence de sa mère. Une enfant éteinte par l'indifférence de son père. Une enfant démunie des deux piliers fondateurs d'un adulte équilibré.

Elle jeta un œil à sa montre ; neuf heures trente, il était temps de retrouver le trajet de la librairie. Aujourd'hui, Claudine lui avait demandé d'ouvrir la boutique. Une autre tâche qu'appréhendait Rebecca ; elle ne se sentait pas les épaules assez larges pour supporter ce genre de responsabilité. Il fallait suivre pas à pas une série d'étapes qui la rendaient anxieuse. L'alarme d'abord ; la toucher avec la languette appropriée, attendre deux sonneries pour qu'elle cesse de vous faire bondir le cœur. L'ordinateur ensuite ; allumer la tour seulement, l'écran restant toujours en veille ; ne pas demander pourquoi et cliquer sur « Octave consol » sur le bureau virtuel. Allumer toutes les lumières, sans oublier celles du tableau cachées dans le couloir. Puis descendre le store, mais seulement à moitié. Sortir le présentoir avec les cartes, sauf les jours de mistral.

Ouvrir les paquets de journaux et les ranger à leur place respective, en pensant bien à ranger les invendus dans les cartons de l'arrière-boutique. Finir par lancer la musique à partir du programme *Windows Media Player* de l'ordinateur.

Soulagée d'avoir accompli cette méticuleuse mise en place, dont elle n'avait jamais vraiment trop cherché à comprendre la logique, Rebecca était enfin prête à accueillir les clients. Une petite fille, emmitouflée dans un joli bonnet rose clair avec l'écharpe assortie, ouvrit la porte de la boutique, la main serrée dans celle de sa mère.

« Bonjour madame, ma fille a un peu de fièvre. Je peux quand même rentrer ?

— Je vous en prie, répondit Rebecca, attendrie par ses deux clientes.

— Elle reste avec moi aujourd'hui, poursuivit la mère, enlaçant sa fille sans la moindre retenue. On va choisir un ou deux livres pour se faire une journée lecture. Pour une fois qu'on n'est pas contraintes par l'école et les devoirs ! »

Rebecca se sentit touchée par cet amour maternel qu'elle-même n'avait jamais reçu.

Chapitre 18

Le père de Rebecca s'était retrouvé seul à l'élever. Son épouse avait choisi de vivre sa vie de femme en rejetant sa maternité six ans après l'avoir découverte. Les mois, puis les années passèrent ; sa mère s'effaçait lentement dans la mémoire de Rebecca pour n'être plus qu'un vague souvenir. Celle-ci ne parvenait même plus à se remémorer l'odeur de celle qui l'avait mise au monde ; cette odeur avait pourtant imprégné son doudou longtemps après le départ déchirant. Bien que sa mère n'eût pas cherché à tisser de liens avec sa fille, son absence avait creusé en Rebecca un vide qui s'était répandu en elle au fil du temps.

Son père n'avait pas réussi à combler ce vide, ni même à remplir son propre rôle. Désemparé par la tâche qui lui était tombée dessus au moment précis où il lançait son entreprise de grossiste en tissu, il avait préféré se plonger corps et âme dans son affaire, et délaisser sa propre chair. Maladroit, il avait regardé grandir sa fille en spectateur passif, détaché de tout ce qui constituait peu à peu la personnalité de celle-ci. Il observait de loin sa passion pour la danse, n'accordant aucune importance à cette activité qu'il réduisait à un sport, sans en être vraiment un. Il méprisait son amour pour les lettres, qu'il écrasait par la supériorité des chiffres et de la science. Il voyait sa fille grandir et devenir une jeune fille qui s'asséchait, à l'âge où elle aurait dû s'épanouir.

Son père devenait un brillant homme d'affaires, gérant d'une main de maître son entreprise. Aussi n'hésitait-il jamais à partager sa réussite avec sa fille. Il ne comptait pas la dépense engendrée par les cours de danse que Rebecca multipliait à sa guise. Il l'emmenait régulièrement au restaurant. Elle gardait encore un doux souvenir de cette crêperie en bas de la rue Papassaudi, où elle dévorait une crêpe pizza suivie d'une autre sucrée aux marrons chauds, à l'époque où elle ignorait encore le poids des calories. Grâce à ses contacts, son père avait même obtenu des billets pour le concert de Mylène Farmer, qui s'était produite aux arènes de Fréjus. Cette chanteuse avait magnétisé Rebecca dès son plus jeune âge. Elle passait en boucle ses clips jusqu'à s'approprier complètement ses chorégraphies. La petite fille avait été envoûtée par la poésie des paroles, qu'elle connaissait par cœur, sans vraiment les comprendre. À huit ans, elle n'avait perçu que le roux flamboyant des cheveux comme lien avec Mylène Farmer. Ce n'est qu'à l'âge adulte, éclairée par ses études de lettres, qu'elle réalisa pourquoi elle se sentait à ce point en osmose avec la chanteuse. Le courant romantique, qui avait su exprimer dans les arts le mal de vivre, la mélancolie du passé et l'attrait de la mort comme seule échappatoire. Virginia Woolf et son « flux de conscience », première écrivaine à avoir accordé toute leur importance aux rêves et aux états d'âme, qui échappaient à toute logique. Toute une culture littéraire avait influé les textes de Mylène Farmer, et Rebecca avait acquis les connaissances nécessaires pour en saisir le sens. Son père avait bien remarqué l'attirance de sa fille pour cet univers musical singulier ; mais il n'avait pas cherché à comprendre la raison de ce goût surprenant de la part d'une enfant. Il n'avait pas cherché à trouver sa fille, qui se perdait peu à peu dans les abîmes de la solitude. Il lui offrait certes un confort matériel illimité ; mais il restait enfermé dans ses propres limites, incapable de comprendre l'être profond de sa fille.

Il avait aussi pris la mauvaise habitude de mépriser toute remarque ou attitude de Rebecca qui pouvaient lui rappeler son ex-femme. Par exemple, il ne supportait pas sa façon d'analyser les relations humaines, réflexions dépourvues d'intérêt puisqu'elles étaient nourries de ses lectures aux histoires fictives. Il ne voyait pas le plaisir que l'on pouvait éprouver à perdre du temps dans la psychologie, à laquelle il ne daignait accorder aucune importance, puisque seule la science comptait pour lui. Si Rebecca osait s'intéresser à son père en s'impliquant dans un problème lié à un client, il dénigrait sa remarque : « Mais qu'est-ce que tu racontes ? Tu dis n'importe quoi. Tu es bien la fille de ta mère, à prétendre que l'on peut trouver des solutions en analysant le comportement. Quelle perte de temps, franchement ! » La moindre tentative de la fille pour chercher son père se soldait par un échec. Il lui reprochait aussi son physique, notamment ses cheveux roux et bouclés. Combien de fois lui avait-il suggéré de se les teindre d'une couleur plus commune, et de les lisser définitivement ? N'existait-il pas assez de techniques capillaires pour se fondre dans la masse ?

Rebecca avait tenu bon pour devenir l'adulte qui germait en elle, au prix de ses cauchemars qui avaient perturbé la plupart des nuits de son enfance, au prix de son anorexie qui avait gâché son adolescence, au prix de sa perte totale de confiance en elle-même, qui l'avait privée de l'éveil aux premiers sentiments amoureux. Sans s'en rendre compte, son père l'avait détruite. Boaz avait récupéré une jeune adulte en lambeaux.

Chapitre 19

Je bascule à l'horizontale
Démissionne ma vie verticale
Ma pensée se fige animale
Abandon du moi
Plus d'émoi

Au sol, Rebecca reprenait la chorégraphie travaillée des années auparavant avec son professeur Bruno. Le sens des paroles de Mylène Farmer résonnait plus que jamais dans son corps, qu'elle abandonnait à la danse pour oublier la souffrance qu'il lui infligeait.

Je ressens ce qui nous sépare
Me confie au gré du hasard
Je vis hors de moi et je pars
À mille saisons, mille étoiles

Elle quitta le sol en perçant l'air d'une arabesque. Son ventre qui commençait à peser la contraignit à se redresser rapidement. Elle prit appui sur ses deux jambes pour cambrer son dos, bras relâchés, dans une position de supplique. Elle enchaînait à présent des mouvements lyriques.

Comme j'ai mal
Je n'verrai plus comme j'ai mal
Je n'saurai plus comme j'ai mal
Je serai l'eau des nuages

Au refrain, elle prit son élan pour se laisser entraîner par des déboulés qu'elle maîtrisait encore assez pour s'arrêter de manière contrôlée, en une pause structurée par un port de tête à la grâce classique.

Je te laisse parce que je t'aime
Je m'abîme d'être moi-même
Avant que le vent nous sème
À tous vents, je prends un nouveau départ

Elle parcourut alors son salon en grands jetés. Les nausées revenaient ; elle ménagea les huit comptes suivant à l'arrêt, et improvisa des mouvements de bras au gré du rythme, pour reprendre son souffle.

Plus de centre tout m'est égal
Je m'éloigne du monde brutal
Ma mémoire se fond dans l'espace
Ode à la raison
Qui s'efface

Elle finit par une marche déterminée, dos à son public imaginaire. Elle se rappelait toute l'importance de ce dos, qui devait faire ressentir une émotion imposée par la chorégraphie. Mais l'émotion n'était pas une mise en scène à cet instant-là ; le dos de Rebecca disait malgré elle sa sensation profonde de se dissoudre alors qu'un autre cœur battait en elle.

En dépit des avertissements de son gynécologue, une violente envie de danser avait saisi Rebecca ; elle n'avait pu y résister. Elle savait bien que toutes les femmes devaient souffrir pendant leur grossesse ; mais ces nausées persistaient en cette fin de deuxième trimestre ; la fatigue des premières semaines l'abattait encore, au point de ne plus pouvoir respirer. Elle n'arrivait pas à prendre le contrôle de sa sensation d'étouffement pour l'atténuer. Elle ne voyait qu'une seule échappatoire à ce mal être, qui s'intensifiait à mesure que son ventre s'arrondissait.

Chapitre 20

Le moment le plus noir de mon existence ; il ne m'a pas épargné un seul jour depuis six ans, si je veux être honnête avec moi-même.

Rebecca avait gâché comme jamais notre premier retour à la plage du Prado. J'étais persuadé qu'elle se réjouissait comme moi de ce que l'on avait tant attendu, la venue de notre premier enfant.

Je m'étais allongé directement sur ma serviette, sans me soucier de quelque protection solaire que ce soit, ni lunettes ni lotion. Peu m'importaient les éventuels coups de soleil, l'impératif étant de gorger mon corps de soleil après l'hiver. Je fermais les yeux pour apprécier le bien-être de la chaleur retrouvée au mois de mai. Rebecca avait commencé par marcher le long de la mer avant de s'accorder le repos sur le sable.

J'étais sur le point de m'endormir quand un petit garçon m'envoya par mégarde son ballon sur le pied. Sa mère le réprimanda ; aucun des deux n'aurait pu savoir que l'enfant avait sauvé une vie. Étourdi par les rayons de midi, j'ouvrais péniblement les yeux. Je contemplais l'horizon ; je savourais naïvement le paysage maritime apaisant, avant l'invasion des touristes. Il me sembla alors apercevoir une large tache rousse qui flottait au loin. Je frottai énergiquement mes yeux, le temps de réaliser l'horreur. D'un bond, je me levai pour me précipiter vers ce que je n'osais comprendre. Je plongeai sans réfléchir à la température trop froide de la mer, et me mis à nager le crawl le plus vite possible. Les yeux ouverts dans l'eau, j'essayais comme je pouvais de rattraper le corps lourd de Rebecca. Ma femme, ma moitié, qui portait celle qui serait la joie de notre vie, avait tenté de mettre un terme à la sienne.

J'avais acquis une bonne endurance grâce à mes entraînements de boxe ; je parvins ainsi à ramener relativement vite Rebecca sur le rivage, sans trop manquer de force ni de souffle. La voir allongée inerte sur le sable me fit monter les larmes, que je ne laissais pourtant jamais échapper. Elles se mêlèrent au goût salé de la peau de Rebecca, pendant que je lui faisais du bouche-à-bouche. Elle puisait dans la chaleur de mon amour l'énergie nécessaire pour revenir à elle, à nous.

Chapitre 21

Après la naissance de Talia, la sensation d'un froid violent saisissait souvent le corps de Rebecca. Elle se recouvrait de chair de poule, claquait des dents, ses lèvres perdaient leur couleur de vie. Dans ces moments où sa température chutait anormalement, elle devait se protéger très vite, d'une couverture ou d'un pull épais quand elle était seule, de la chaleur des bras de Boaz quand il était là.

Elle avait décoré son appartement en conséquence, en accumulant petit à petit toutes sortes de plaids et couvertures, assortis de jolis paniers d'osier. Chacune des pièces de sa maison s'était progressivement remplie d'une corbeille pleine de ces chaleureux tissus colorés, prêts à réchauffer un corps brutalement refroidi. Ce matin-là, une fois de plus, Rebecca n'avait pu résister à l'achat d'une fouta beige et dorée présentée sur un étalage du marché. « De quoi se réchauffer au printemps ! Voilà une parfaite couverture en tissu plus léger, aux couleurs ensoleillées ! » se convainquait la jeune femme, préparant ainsi son argument pour Boaz, qui allait sûrement lui reprocher le soir même l'inutilité de ce énième plaid. Il craignait que le besoin de se couvrir devienne obsessionnel chez Rebecca.

Toutes ces couvertures pouvaient bien s'empiler chez elle, mais aucune ne remplacerait jamais sa favorite, la couverture tricotée par sa grand-mère. L'arthrose avait à présent saisi les longues mains de celle-ci et les empêchait de mener la danse des aiguilles. Aussi Rebecca conservait-elle sa couverture à gros carreaux rose et gris comme un bien précieux qui avait adouci son enfance. Elle avait adoré se blottir au fond du canapé de sa grand-mère les mercredis après-midi. Quelle que soit la saison, elle revêtait sa couverture pour regarder un dessin animé ou un film que sa grand-mère lui avait enregistré au préalable sur une cassette VHS. Tandis que cette dernière s'activait à lui préparer un goûter confectionné par ses soins, Rebecca découvrait la magie des classiques de Walt Disney, ou les films rayonnant de couleurs de Jacques Demi. Nous avons déjà dit tout l'attachement de la petite fille pour *Alice au pays des merveilles* et *Peau d'âne*. Elle ne se lassait jamais de demander à sa grand-mère de les voir et revoir, jusqu'à les connaître par cœur. Elle adorait alors parler et chanter à l'unisson avec les personnages. Ces mercredis après-midi comblaient la solitude qui envahissait Rebecca le reste de la semaine. Sa grand-mère prenait le temps de s'asseoir à côté d'elle pour lui commenter certains passages. À la fin de *Peau d'âne* par exemple :

« Tu vois Rebecca, cet hélicoptère qui transporte le roi et la fée est un anachronisme.

— C'est quoi un anachronisme Mamie ?

— Cet hélicoptère est un moyen de transport qui ne correspond pas à l'époque de l'histoire ; il est en avance sur son temps. »

Rebecca savourait tout ce qui sortait de la bouche de sa grand-mère, en même temps qu'elle dégustait son biscuit ou son gâteau. Elle puisait tout l'amour dont elle avait besoin pendant ces quelques heures du mercredi.

Cette relation privilégiée avec sa grand-mère avait créé en Rebecca un lien profond avec le passé. Elle avançait vers l'avenir en serrant fort entre ses mains un long fil de pelote de laine qui la reliait au passé pour en imprégner le présent. Cet attachement avait sûrement contribué à nourrir ses angoisses, notamment la peur permanente de perdre quelque chose d'irrémédiable. Ce lien avait aussi cultivé sa sensibilité, la mélancolie en particulier. Ce sentiment vibrait en elle ; il était probablement à l'origine de son attirance pour le monde des lettres, qu'elle choisit pour ses études supérieures. Si Rebecca avait toujours aimé la littérature, c'est parce qu'elle tissait une chaîne éternelle entre le passé et le présent.

Chapitre 22

Talia adorait les contes de Charles Perrault. Elle était ravie de voir cette après-midi-là l'un d'eux à la télévision. Rebecca avait réussi à se procurer une version restaurée de son fameux *Peau d'âne*. Elle se sentait encore plus impatiente que sa fille à l'idée de revoir le film de son enfance. Toute la magie en était restée intacte. Elle se laissait emporter par le texte et les paroles encore gravées dans sa mémoire. L'influence du Pop Art explosait d'évidence dans les couleurs vives et contrastées, ravivées par ce DVD d'Arté Éditions. Talia était bien entendu subjuguée par la fée des Lilas. Le conte revisité par Jacques Demi avait transformé ce personnage, qui exerçait toujours la même fascination sur une petite fille ; Rebecca adulte comprenait à présent les allusions et les attitudes de cette fée pleine de modernité, qui disaient toute la complexité de l'être féminin...

Le conte de Peau d'âne *est peut-être difficile à croire. Mais tant que dans le monde on aura des enfants, des mères et des mères-grands, on en gardera la mémoire,* concluait le narrateur en voix off à la fin du film. À présent, Rebecca devenait un maillon dans la chaîne des générations. Elle transmettait l'héritage à sa fille, enchantée à son tour par la beauté du film.

« Maman, c'est l'heure du goûter. On fait le "cake d'amour" ? »

Rebecca n'aimait pas tenter des recettes, encore moins celle de *Peau d'âne*. Elle se rappelait que sa grand-mère avait dû changer les quantités d'ingrédients chantés par Catherine Deneuve. La recette initiale aurait abouti à un gâteau insipide, avait déclaré la spécialiste des pâtisseries. Rebecca justement n'avait aucun don en la matière, et ne se sentait pas du tout la capacité d'improviser en plus des changements dans les indications de la recette. Plongée dans ses réflexions, sa fille la rappela à l'ordre.

« Allez, maman, on essaye ?

— Pas trop envie Talia, c'est dur à réussir. Le livre de Peau d'âne ne donne pas les bonnes quantités. Si tu veux, on fait des pancakes. Esther m'a dit que sa recette était très facile à faire. Ça te dit ?

— Bonne idée ! »

Rebecca sortit un grand bol et suivit pas à pas les indications de son amie. Talia mélangeait allégrement chaque ingrédient jusqu'à obtenir la pâte attendue. La poêle était maintenant assez chaude pour lancer la première fournée. Mais Rebecca sentait que quelque chose n'allait pas. Les pancakes ne prenaient pas la forme de ceux d'Esther. Trop plats. Elle continua cependant à les cuire, sans rien dire à sa fille. Elles se mirent à table.

« Maman, je peux les tartiner de Nutella ? demanda Talia, le visage éclairé de son plus beau sourire.

— D'accord, mais sans exagérer ! Tu racles bien au couteau, compris ?

— Oui promis ! »

Dès la première bouchée, Rebecca comprit qu'elle avait oublié la levure. Ces pancakes n'avaient rien de savoureux ; il fallait s'y attendre. Elle avait toujours su qu'elle serait incapable de faire correctement une recette. Pourquoi avait-elle cédé à la demande de Talia ? C'était évident qu'elle allait rater ! Sa gorge se serra pour retenir des sanglots chargés de tout son manque de confiance en elle. Sa fille, la bouche pleine de Nutella, n'était pas gênée par l'ingrédient manquant ni perturbée par le trouble de Rebecca. Elle se régalait tout simplement du goûter préparé avec sa mère.

Chapitre 23

« Monsieur, êtes-vous conscient ?
— Oui oui, ça va merci.
— Comment vous appelez-vous ?
— Boaz Journo.
— Quel âge avez-vous ?
— Trente-sept ans.
— Votre adresse ? Vous pouvez nous la donner ?
— Oui, bien sûr : 1 avenue Pigonnet. »

Les pompiers ramenèrent Boaz chez lui, après lui avoir pansé ses blessures au visage et aux mains. Il était furieux contre lui-même. Comment avait-il pu être assez stupide pour traverser la route sans vérifier le passage d'une éventuelle voiture ? Comment avait-il pu se fier bêtement au feu vert pour piétons ? Comment lui, surtout, si confiant dans les muscles de son corps, comment lui n'avait-il pu courir suffisamment vite pour éviter le véhicule ? Sa vive réaction lui avait toutefois permis d'échapper au pire ; il avait tout lâché pour tenter de regagner le trottoir. Mais le conducteur roulait à une telle allure qu'il n'avait pu freiner à temps l'élan de sa voiture et empêcher l'accident. L'homme se retrouva devant Boaz, évanoui au sol.

Désemparé, il s'était saisi immédiatement de son portable pour appeler les secours. Le temps que ceux-ci arrivent, Boaz avait repris connaissance et cherchait déjà à se remettre sur pieds. Tandis que les pompiers vérifiaient que le choc n'avait eu aucun grave impact, Boaz se désolait de voir le bouquet d'hortensias écrasé, la boîte de gâteaux déchirée, la baguette fraîche aplatie et salie. Il voulait réparer ces trois attentions qui auraient dû prendre par surprise Rebecca le jour de son anniversaire.

Elle ne s'attendait pas à grand-chose ce jour-là de la part de son mari. Ce n'était pas que Boaz rechignait à lui offrir ce qu'elle désirait, non. Mais célébrer son anniversaire ne lui venait jamais vraiment à l'esprit. Il avait passé son enfance avec des parents qui n'accordaient aucune importance aux anniversaires, ni aux leurs, ni à ceux de leurs enfants. Boaz et sa sœur aînée avaient grandi dans un monde ignorant les dates qui donnent des couleurs humaines aux années anonymes. Quand Rebecca interrogeait son mari sur cette absence de fête pour célébrer chacune de ses années, celui-ci rejetait toute de suite la question, en déclarant qu'il n'avait pas eu besoin d'anniversaire pour devenir l'adulte équilibré qu'il était. Fin de la discussion.

Cette année-là pourtant, sans aucune raison précise, l'envie l'avait pris de fêter les trente – six ans de sa femme. Il l'avait observée en cette fin de journée. Rebecca coupait des fenouils et des champignons pendant que Talia se régalait à presser le citron pour en arroser les crudités. Le riz noir finissait de cuire à la vapeur. Il ne manquait plus qu'à faire griller les darnes de saumon.

« Maman, on essaye de faire un gâteau ? C'est ton anniversaire quand même ! tenta la petite fille, même si elle s'attendait à un refus de sa mère, qui ne manqua pas.

— Franchement non ma puce, ça va nous faire dîner trop tard. »

Le visage de la petite fille s'assombrit ; sa mère tentait de résister au pincement au cœur qu'elle éprouvait chaque année depuis son mariage.

« Je m'en charge ! déclara spontanément Boaz. »

Sans attendre la réaction de Rebecca, il s'enfuit de la maison, oubliant au passage son manteau malgré le froid de janvier, et ses clés.

Une heure plus tard, Rebecca commença à s'inquiéter sérieusement. L'interphone sonna au moment où elle s'apprêtait à prendre son portable. Quand elle vit quelques secondes plus tard Boaz couvert de pansements, elle se mit à trembler.

« Tout va bien, pas de panique. »

Il chercha à la rassurer immédiatement. Les pompiers repartirent après s'être assuré que le blessé était entre de bonnes mains.

« Une voiture m'a renversé quand je traversais la route, à deux pas de la maison. Saleté de conducteur ! Je lui aurais bien mis mon poing dans la figure ! »

Il joignit le geste à la parole, mais l'arrêta net sous le coup de la douleur à l'épaule.

« Calme-toi Boaz, enfin ! Tu es bien sûr que tu n'as pas besoin d'aller aux urgences pour vérifier que tu n'as rien ?

— Non, pas besoin. Je n'ai rien, plus rien ! Ni tes fleurs, ni ton gâteau préféré, ni ta baguette aux céréales ! »

Devant le visage décomposé de Boaz, qui reflétait toute sa déception de la surprise ratée, Rebecca sentait monter en elle une joie incandescente. Elle le serra fort dans ses bras, pleine de reconnaissance pour son mari qui avait eu enfin l'intention de célébrer son anniversaire. Son amour pour lui inondait son corps. Elle mesurait concrètement toute la fragilité de l'existence, et pour la première fois, réalisait qu'elle aurait vraiment pu basculer quelques minutes plus tôt. Elle enlaça Boaz encore plus fort. Il ne comprenait décidément pas sa femme.

« Je t'aime Boaz… »

Il l'observait d'un air interrogateur, dans une tentative de percer ce monde étranger qu'était son épouse.

Rebecca mit fin à l'étreinte pour s'adresser à sa fille.

« Talia, ça te dit de faire un flan nous-mêmes ? On a encore un peu de temps avant le dîner.

— Ah oui maman ! répondit la petite fille, enfilant déjà son tablier de pâtissière. »

Chapitre 24

Rebecca s'attelait à la préparation des bagages pour les vacances d'hiver. C'était la première fois que la famille partait au ski. Boaz avait passé une bonne partie de sa jeunesse à pratiquer ce sport. Ses parents s'étaient procuré un petit chalet à Val Thorens, près de Lyon où ils vivaient à l'époque. Aussi avait-il profité de la neige à toutes les vacances d'hiver, parfois même le temps d'un week-end. Boaz et sa sœur avaient eu la chance de glisser sur les pistes de l'un des plus grands domaines skiables au monde ; ils avaient ainsi atteint un excellent niveau au fil des années. Le séjour à Montréal avait enfin permis à Boaz d'entretenir sa maîtrise des pistes noires, même si celles-ci lui semblaient trop faciles parce qu'elles étaient parcheminées de bosses et se terminaient trop vite. Au contraire, Rebecca avait toujours refusé les classes vertes de l'école, même si son père lui proposait de les lui offrir. Elle n'avait jamais été attirée par la neige et le froid, qu'elle supposait insupportable à ce degré de température. Son mari avait pourtant réussi à la convaincre en lui vantant les mérites de l'air montagnard. Il l'avait décidée à faire des randonnées en raquettes. Talia se familiariserait avec le ski au sein d'un groupe d'enfants débutants. Quant à Boaz, il partirait de son côté découvrir les pistes de la station de Chabanon. Sa femme avait validé ce programme, qui lui paraissait accessible à tous, sans mettre en péril aucun d'entre eux.

Elle avait anticipé le séjour dès le mois de janvier, pendant lequel elle avait fait ses achats en profitant des soldes d'hiver. Talia avait été ravie de sa tenue aux couleurs emblématiques de Barbie : combinaison intégralement rose, assortie d'un masque aux reflets violets, ainsi que des après-skis dans les mêmes tons. Une cliente avait prévenu Rebecca que le casque serait fourni en même temps que le reste du matériel à louer. Seuls les gants n'allaient pas : Talia était contrariée de se retrouver avec une paire noire, la seule que sa mère avait trouvée à sa taille ; cette couleur faisait garçon. Rebecca avait seulement acheté un pantalon de ski bleu marine unisexe et des gants imperméables pour son mari et elle-même ; leurs doudounes respectives seraient assez chaudes pour les protéger du froid. Esther lui rappela enfin de se procurer des chaussettes bien épaisses pour tout le monde. Son amie adorait la neige, et avait vivement encouragé Rebecca à accepter ces vacances saines et tellement revitalisantes !

Faire les valises était déjà angoissant, mais préparer celles pour le ski redoublait cette sensation désagréable. Le volume des affaires tout juste achetées était déjà impressionnant. Accumuler ensuite les pullovers et les tenues de fin de journée relevait d'une mission impossible ! Rebecca se sentit prête à abandonner... Elle laissa passer une journée et décida de s'y remettre calmement en essayant de sélectionner tant bien que mal le nécessaire. Au dernier moment, le club hôtel avait informé ses clients qu'il ne fournirait aucun produit de toilette. Rebecca dut alors se précipiter à Monoprix pour se procurer les articles indispensables à l'hygiène de la famille, sans oublier l'écran total et le baume protecteur pour les lèvres.

Les bagages étaient enfin prêts. Talia ne tenait plus en place. Elle avait préparé elle-même son sac à dos licorne avec sa trousse à crayons, son cahier de coloriage, son jeu de sept familles et bien sûr son panda Lili. La famille s'emmitoufla dans ses manteaux, bonnets et écharpes avant de fermer la porte de leur appartement. Boaz et Rebecca s'emparèrent des deux valises chargées à ras bord, qui roulaient bruyamment sur les rues pavées d'Aix-en-Provence. Ils marchèrent tous les trois jusqu'à la gare routière pour prendre le bus qui les conduirait en trois heures de temps à Chabanon.

Les embouteillages rallongèrent la durée du voyage ; la route sinueuse provoqua de légères nausées à Talia. Mais ce trajet désagréable fut vite oublié quand ils arrivèrent à l'hôtel. Ils furent satisfaits par ce lieu chaleureux, à taille humaine. Une trentaine de chambres accueillait des familles qui habitaient pour la plupart dans la région ; seules certaines d'entre elles venaient de l'étranger. Boaz et sa fille se précipitèrent dans la salle qui faisait office de bar ; un délicieux goûter d'accueil les attendait. Les voix d'enfants et d'adultes se confondaient, mêlant le français à l'italien et à l'anglais. Dans cet agréable brouhaha au parfum de vacances, les petits comme les grands se régalaient de croissants chauds sortis tout droit du four, arrosés de jus de fruits frais ou d'infusions aux arômes variés. Rebecca avait choisi de rester dans leur chambre pour défaire les valises, seule et au calme, ce qui lui permettait aussi de ne pas céder à la tentation d'un plaisir sucré. Quand Talia et Boaz la rejoignirent, toutes leurs affaires étaient rangées. Ils prirent alors le temps de partager ensemble une partie de cartes avant de se doucher et se préparer pour la soirée. Le dîner était précédé d'un apéritif convivial. Talia fut ravie de découvrir que le repas était servi sous forme de buffet. Elle pourrait librement choisir ce qu'elle désirait manger, à la condition de remplir son assiette d'une portion de légumes ou de crudités. Tel avait été le pacte conclu avec sa mère. Le dessert n'était pas encore servi qu'elle bavardait déjà avec une petite fille de son âge, qui vivait à Marseille. Rebecca et Boaz se détendaient peu à peu ; un temps est nécessaire au corps et à l'esprit pour réaliser le droit au repos. Ils appréciaient tranquillement la fin de leur verre de vin blanc, sans guetter la montre pour coucher Talia. Les vacances commençaient.

Chapitre 25

Rebecca appréhendait sa première randonnée. Elle aurait le souffle suffisant pour tenir la longueur de la marche. Mais le paysage montagnard l'effrayait un peu : la sensation de la neige sous les pieds, la hauteur vertigineuse, le froid extrême... Elle garda pour elle ses inquiétudes et accompagna Talia vers le groupe du Flocon. La petite fille se plaignait de l'inconfort des chaussures de ski que son père avait peiné à lui enfiler. Elle avançait comme un automate, incapable de fléchir les genoux. Rebecca s'amusait de cette drôle de démarche, que Boaz avait aussi adoptée. Passées les premières minutes de timidité, Talia se joignit aux autres enfants pour suivre le moniteur et se lancer dans la conquête de ce monde inconnu. Boaz s'assura que sa femme avait bien compris comment fixer ses raquettes, puis partit à son tour pour relever le défi de ces nouvelles pistes noires.

En bas du chemin accessible aux piétons, Rebecca chaussa cet étrange matériel. Elle s'habitua peu à peu à ce contact surprenant avec le sol, sur lequel elle s'accrochait sans s'enfoncer. Ces raquettes forçaient à ralentir le rythme de la marche. La jeune femme pouvait ainsi contempler le paysage. Elle avait eu de la chance pour cette première rencontre avec les montagnes enneigées. Elles baignaient dans la lumière du soleil intense. Rebecca ne put résister à l'envie de se relaxer sur un transat du restaurant d'altitude. Elle dut reconnaître que le souffle était davantage éprouvé que lorsqu'elle courait dans les rues d'Aix-en-Provence. Elle apprécia d'autant plus cette pause, qu'elle l'accompagna d'un thé vert bien chaud. Boaz avait glissé une tablette de chocolat amer dans son sac à dos ; elle en dégusta un carré sans culpabilité aucune.

C'est alors qu'elle entreprit la montée qui la conduirait au sommet de la vallée. Plus elle avançait, plus le silence se répandait. Rebecca éprouvait une sensation singulière. Elle était absolument seule, face au paysage splendide recouvert d'un manteau blanc lumineux. La chaleur du soleil l'envahissait. Au milieu d'un espace vidé de bruits et silhouettes humains, elle était elle-même pleinement consciente de chacune des parties de son corps, à l'écoute de ses sensations. C'est là que son envie de disparaître la rattrapa. Ce vide infini qui s'offrait à elle l'aspirait peu à peu. L'endroit idéal pour sauter et en finir, ce désir morbide qui ne l'avait jamais abandonnée, une sorte de menace latente de la disparition irrémédiable. Sans crier gare, pêle-mêle, de violents souvenirs l'assaillirent. L'accident de sa grand-mère diabétique, en manque d'insuline, qui avait perdu le contrôle de son véhicule ; Rebecca s'était effondrée ce jour-là, persuadée qu'elle allait perdre l'être qui lui était le plus cher. Sans le savoir, sa grand-mère, menacée par la maladie, avait planté en Rebecca l'angoisse de la mort dès son plus jeune âge. Elle se rappela le matin où son corps s'était vidé d'un liquide épais rouge ; elle avait désespérément cherché sa mère pour la remplir d'amour et l'accompagner dans cette transformation de son corps. La jeune fille devenue femme s'était sentie affreusement seule. La présence de l'homme par l'absence, son deuxième sujet de maîtrise en lettres, lui revenait en même temps à l'esprit. Face à cette neige éclairée de soleil, tout se mêlait, se démêlait et prenait un sens. Rebecca n'était pas attirée par le vide. Le vide était en elle ; l'absence avait modelé l'adulte qu'elle était devenue. L'absence réelle de sa mère ; l'absence creusée par son père malgré sa présence. Sa tête se mit à tourner ; elle fut saisie de vertiges et dut s'arrêter en chemin un long moment pour revenir à elle.

Elle poursuivit alors sa marche. Incapable de se défaire de sa sombre imagination, elle se projeta malgré elle dans une mise en scène de son propre enterrement... Elle imagina la profonde peine de Boaz ; elle vit Talia secouée d'un flot de larmes. Une petite fille anéantie par un vide éternel. La scène était insupportable de douleur. Rebecca étouffait. Il fallait s'asseoir, ses jambes ne la tenaient plus ; elle trouva un coin de pierre à peu près sec pour s'asseoir et récupérer un rythme de respiration normal.

Elle reprit son souffle et se rafraîchit l'esprit en buvant une bonne gorgée d'eau. Ses yeux la brûlaient ; la réverbération de la neige décuplait la sensation provoquée par les sanglots qu'elle retenait. La clarté l'éblouissait tellement qu'elle en devenait presqu'insupportable. Peu à peu, son regard s'habitua à l'éclat des hauteurs enracinées dans la terre et qui côtoyaient le ciel. La réalité qui forçait à voir le monde comme autant d'espaces délimités s'effaçait ; l'infini se déployait devant le regard purifié de Rebecca.

Son courage revenait pour affronter la dernière montée et atteindre le sommet. Elle se laissait imprégner du sublime paysage enneigé. Cette épaisse couverture immaculée donnait à voir le néant, mais sous un angle éclairé. Rebecca avançait. La blancheur étincelante des montagnes lui insufflait une énergie éthérée. Elle se sentait en symbiose avec cette nature silencieuse, pure, infinie. Une sensation qu'elle éprouvait pour la première fois, qu'elle écoutait, qu'elle acceptait.

Tandis que ses pensées noires s'éloignaient, Rebecca se retrouva au sommet sans même avoir prêté attention à l'effort qu'elle venait de fournir. Elle contempla le tableau somptueux qu'offrait la nature. La peau de la jeune femme respirait l'air sain des montagnes. Un hâle éclairait son visage ; sa chevelure rousse flamboyait sous les rayons intenses du soleil. La blancheur de la neige épurait en profondeur son esprit pour le remplir de la vie qui vibrait en elle. En communion avec la nature hivernale, Rebecca renaissait.

Chapitre 26

Rebecca prit son temps pour le chemin du retour. La grâce émanait de ce corps de danseuse, ralenti par les flocons de neige qui commençaient à tomber. Le bleu lumineux du ciel cédait la place aux nuages cotonneux, en même temps que le silence s'épaississait. Rebecca descendait seule, en paix avec elle-même. Elle se laissait à nouveau emporter par la danse de son imagination, libérée cette fois de ses angoisses.

Les gens qui cherchent la lumière
En pleine nuit
Les gens qui courent après l'amour
Et qui le fuient
Des bras qui se lèvent pour un dieu
Qu'ils ne voient pas
Moi j'ai ta chair contre ma chair
En ça, je crois

La musique de Johnny Hallyday lui emboîtait le pas. Rebecca avançait au rythme de la chanson qui résonnait en elle, en harmonie avec la nature apaisée. Le refrain prenait le relais de ses pensées.

Vivre pour le meilleur
Se vouloir pour tout se donner
Plus riche de ne rien garder
Que l'amour

Une énergie inattendue l'inondait pleinement. Rebecca jouait dans sa tête le final d'un spectacle qu'elle avait mis en scène depuis toujours. Un final grandiose où elle n'était plus seule. Elle concentra toute son attention sur cette force puisée dans les montagnes pour la retenir en elle et ne plus envisager son être comme un souffle de neige.

Chapitre 27

De retour dans sa chambre, Rebecca se précipita sous la douche pour détendre les muscles de son corps qu'elle avait bien sollicités. Cette première longue randonnée l'avait vidée de ses forces, sans pour autant lui donner un sentiment d'épuisement. Elle enfila un jean confortable ainsi qu'un pull épais à col roulé pour se réchauffer.

Pendant ce temps, Boaz se servait au buffet, préparant deux assiettes pour lui et Talia de steak frites arrosées de Ketchup et mayonnaise. Rebecca n'était pas là, il fallait en profiter ! Ils ne savaient pas qu'elle les observait depuis l'entrée de la salle. Leur teint lumineux reflétait le grand air dont ils avaient profité sur les pistes. Talia ne lâchait pas son père. Elle déversait une cascade de paroles ininterrompue tandis que Boaz essayait tant bien que mal de se concentrer sur les assiettes à garnir, tout en prêtant l'attention suffisante à sa fille. Rebecca les voyait de dos ; leur complicité se dégageait de leurs corps secoués de rires. Elle les rejoignit une fois qu'ils s'étaient attablés. Talia jeta un regard furtif à son père, de peur de se faire sermonner par sa mère pour son dîner dépourvu de légumes mais riche d'aliments interdits. À leur grande surprise, Rebecca ne prêta aucune attention à leurs assiettes. Elle se servit à son tour du poulet grillé accompagné de brocolis vapeur, puis vint s'asseoir avec eux.

Ils savourèrent ensemble leur repas, tout en profitant de l'animation de l'hôtel. Ce soir-là, c'était le magicien qui s'arrêtait à chacune des tables pour émerveiller les petits et les plus grands de ses tours prodigieux. Talia était aux anges devant ces foulards colorés qui sortaient de la bouche du prestidigitateur sans jamais s'arrêter. Boaz s'amusait de l'innocence de son enfant qui croyait à l'existence réelle de la magie. C'était la magie des mots qui dansaient dans la tête de Rebecca, des mots qui prenaient forme, qui la dépassaient, qui lui échappaient.

Chapitre 28

Le lendemain matin, Rebecca fut saisie d'une forte envie d'écrire. Plus qu'une envie, une urgence. Elle devait mettre en mots ce qu'elle avait ressenti au cours de sa randonnée. Sans expliquer pourquoi, elle pria Boaz de descendre au petit déjeuner avec Talia, sans elle. Surpris par cette demande inattendue, il accepta, sans chercher à comprendre ce qui perturbait encore une fois sa femme. Il remarqua que le visage de celle-ci rayonnait d'une lueur nouvelle, ce qui le rassurait quelque peu.

Une fois seule, Rebecca chercha partout dans la chambre des feuilles blanches. Son cœur cognait de plus en plus fort dans sa poitrine. Avec une frénésie surprenante, elle cherchait ces feuilles comme si sa vie en dépendait. Elle ne voulait surtout pas rompre cet élan en appelant la réception pour qu'on lui monte du papier. Non, elle ne pouvait pas retomber dans le prosaïsme de la réalité. Elle dut se contenter du verso des billets de bus qu'elle avait imprimés chez elle.

Bizarrement, l'angoisse de la page blanche ne l'effrayait pas. Elle prit un crayon à papier et une gomme papillon dans la trousse de Talia. Elle se mit alors à écrire, sans s'arrêter. Elle n'entendit même pas entrer son mari et sa fille, ni leur silence interrogateur, tellement elle était plongée dans son écriture. Ils repartirent pour leur nouvelle journée de ski sans même qu'elle s'en rende compte.

L'inspiration jaillissait de Rebecca, avec une fluidité incroyable. Elle ne réalisait pas qu'elle mettait en mots ses angoisses. Elle racontait la chute dans les ténèbres d'un chorégraphe qui avait choisi de s'endormir pour toujours en ingurgitant une dose irraisonnable de somnifères. À la manière d'Alice qui dégringolait dans le terrier à la poursuite du lapin blanc, le personnage avait l'impression s'enfoncer au plus profond de la terre. Dépossédé de lui-même, il se retrouvait alors propulsé au cœur de plusieurs aventures. Leur dimension allégorique figurait le cheminement qui permettrait à cet homme d'accéder à une meilleure compréhension de lui-même. *Deviens je*, le titre suggérait pleinement le contenu du texte.

Rebecca oublia de nourrir son corps ce jour-là ; seule sa main avançait pour créer, ligne après ligne, son premier récit qui mûrissait en elle depuis des années. Il dévoilait ses pensées les plus profondes. Elle ne le montrerait jamais à personne.

Chapitre 29

Quel plaisir ces vacances ! Quelle joie de retrouver le ski ! Mes femmes ont une chance exceptionnelle de découvrir les montagnes enneigées baignées de soleil à chaque nouvelle journée. L'adrénaline des pistes noires m'avait tellement manqué ! Dommage que Rebecca refuse de partager ces sensations uniques avec moi. Cette peur mêlée d'excitation qui fait bondir le cœur, le vent qui fouette le visage avec la vitesse, la contraction des muscles en même temps que le contrôle des jambes pour maintenir l'équilibre, cette impression de s'envoler en glissant à toute allure sur la neige... Je l'aurais bien initiée moi-même en plus, pas besoin de s'intimider avec un moniteur inconnu. Mais non, madame préfère ses randonnées solitaires. Impossible de la faire changer d'avis. Elle me donne même le sentiment de s'être enfermée dans un cocon poudreux pareil à de la neige, et de s'y complaire... Elle ne m'a d'ailleurs toujours pas expliqué pourquoi elle a délibérément perdu sa deuxième journée en plein air, cloîtrée dans la chambre. Devait-elle lire un nouveau roman pour cette satanée Claudine ? Aurait-elle eu peur que je m'énerve parce qu'elle se serait encore soumise à une tâche imposée par sa patronne pendant ses congés ? A-t-elle appelé Esther pour lui raconter sa première expérience des raquettes ? Sûrement pas, elle n'aurait pas passé des heures au téléphone, ce n'est pas son style. Alors quoi ? Elle semble encore plus enveloppée de mystère qu'avant... à cette différence près que son visage rayonne d'une flamme nouvelle... Les bienfaits du soleil d'hiver ? Ma femme m'intriguera toujours. Laissons-la profiter des vacances à sa manière ; l'essentiel est qu'elle se sente bien, ne cherchons pas plus loin.

Ma Talia m'impressionnera toujours ! Quels progrès accomplis en si peu de temps ! Il me tarde d'aller skier avec elle cette après-midi. Avouons toutefois que la bière en plein soleil avec mon nouveau compagnon de piste Alessandro fera défaut aujourd'hui. Peu importe, nous nous rattraperons ce soir à l'apéritif ! Talia me rend chaque jour un peu plus fier d'être père. J'admire son courage et sa volonté face à la nouveauté ou à l'épreuve. Sa confiance en elle est bien le résultat de tout l'amour que nous mettons dans son éducation ; j'en suis vraiment certain ! J'aime aussi la naïveté et la vulnérabilité de l'enfant qu'elle est encore, qui font de nous des êtres indispensables à son bien-être...

Allez, assez perdu de temps avec ces élans sentimentaux ; je vais finir par oublier de descendre de mon télésiège. À moi la piste la plus périlleuse de Chabanon !

Chapitre 30

La famille avait profité pleinement de ce séjour au ski, chacun pour sa propre raison. Boaz se sentait revigoré par l'énergie des montagnes, prêt à affronter la charge de son entreprise jusqu'aux prochaines vacances d'été. Talia bouillait d'impatience de raconter à ses copines sa semaine de ski, son Premier Flocon, les animations de l'hôtel… Elle trouvait aussi très drôle de leur montrer la démarcation du masque autour des yeux qui contrastait avec le bronzage du reste de son visage. Sa mère, au contraire, appréhendait le retour à la librairie.

Comme à son habitude, Claudine l'attendait avec toute sa malveillance.

« Je vois que vous avez bien profité de vos vacances ?
— Oui, c'était reposant. On a eu beaucoup de chance avec le temps.
— Ce n'est pas donné à tout le monde ! D'autres ont travaillé ici, sous le froid, le vent et la pluie.
— …
— Au travail Rebecca ! Aujourd'hui, c'est le jour où vous devez répertorier les invendus. Je vous en laisse la

charge. J'ai rendez-vous avec un représentant de chez Actes Sud. À tout à l'heure.

— Bien, à tout l'heure Claudine. »

Rebecca n'avait pas eu le temps d'enlever son manteau que sa patronne l'avait assaillie de remarques désagréables.

La routine du travail reprit son cours. Rebecca détestait compter les invendus, les chiffres restaient un monde obscur pour elle. Elle commettait systématiquement des erreurs. Ce jour-là ne fit pas exception à la règle. À son retour, Claudine prit un malin plaisir à lui mettre sous le nez ses fautes dans le décompte. De la même manière que Rebecca avait ouvert la porte de la librairie, elle la referma avec le sentiment d'être une incapable. Claudine éprouvait une joie sadique à profiter de la vulnérabilité de son employée pour l'écraser à la moindre occasion.

En marchant dans la direction de l'école, Rebecca s'efforçait de retrouver la force puisée dans les montagnes, qui avait envahi son corps jusqu'au bout de ses doigts pour finalement donner naissance à son premier récit. Pleinement consciente d'avoir réussi à écrire un texte, Rebecca refusa de se laisser aller à la critique de ce qu'elle avait rédigé. Elle se contenta de se concentrer sur l'idée qu'elle en avait été capable. Qu'en était-il de Claudine, elle qui resterait finalement une éternelle frustrée d'avoir ouvert une librairie sans jamais avoir étudié les lettres ?

Talia sortit de sa classe plus vite que d'habitude. Rebecca fut surprise de la voir apparaître avec son bonnet enfoncé sur la tête, elle qui le laissait toujours au fond de son cartable, même les jours de grand froid. Elle ne fit aucune remarque le temps du chemin du retour. Mais elle commença à s'inquiéter quand elle constata que sa fille ne retirait toujours pas son bonnet une fois chez elles.

« Talia, ton bonnet ?
— Je préfère le garder.
— Mais enfin, tu es ridicule, pas à la maison !
— D'accord... »

D'une main tremblante, la petite fille découvrit lentement sa tête. Des larmes silencieuses coulaient sur son visage en même temps que sa chevelure tombait en cascade sur ses épaules. Une mèche, largement visible sur son front, avait été coupée. Choquée, Rebecca balbutia :

« Tes cheveux Talia ! Qu'est-ce qui s'est passé ?
— C'est Juliette.

Talia sanglotait à présent. Rebecca devait comprendre.

— Juliette quoi ? C'est elle qui t'a coupé cette mèche ? Que s'est-il passé exactement ? Tu dois me raconter ma chérie !

— On s'est disputé. Elle m'a dit que le 1er Flocon était pour les bébés ! Je lui ai répondu : t'es jalouse ! Et tu sais ce qu'elle a fait ? Elle a sorti ses ciseaux, et sans rien dire, elle m'a tiré les cheveux et les a coupés !

— Mais la maîtresse n'a rien dit ? Elle n'a rien vu ?

— J'ai hurlé ! La maîtresse est venue à toute vitesse pour nous séparer. Elle nous a ensuite parlé chacune notre tour pendant la récréation pour qu'on lui explique tout. Je crois que Juliette a reçu une punition. »

Rebecca enveloppa sa fille de tout son amour. Elle partageait profondément sa peine. Sa chevelure qui n'avait jamais connu un coup de ciseaux avait été saccagée par cette gamine. Elle se laissa submerger par les pleurs de Talia, au point que ses propres yeux se mouillèrent à leur tour. Mais peu à peu, elle prit conscience de sa posture de mère. Elle se ressaisit. La tristesse n'allait pas encore l'anéantir. Tout en retenant ses larmes et en essuyant celles de sa fille, elle réfléchissait à la manière de réparer l'incident.

« Talia, j'ai une idée !
— Quoi maman ?
— Je t'emmène chez ma coiffeuse.
— Je ne veux pas devenir rousse !
— Mais non, que tu es bête ! On va voir ce qu'elle peut faire pour rattraper cette mèche trop courte.
— Si tu veux… »

Talia n'était pas vraiment convaincue, mais ne voyait pas d'autre solution. Elle se résigna, remit sa doudoune et suivit sa mère, les yeux rivés au sol, traînant le pas derrière elle.

Fanny accueillit mère et fille avec une chaleur réconfortante. Rebecca lui exposa la raison de leur venue inopinée. La coiffeuse touchait les cheveux de Talia d'une main professionnelle.

« Oh pauvre ! Tu n'as jamais coupé tes cheveux ma cocotte ! s'exclama-t-elle avec son accent chantant la Provence.
— Non, répondit simplement Talia.
— Peuchère ! Jamais depuis que tu es née ? Il est temps de leur donner la force qu'ils méritent ! »

Talia restait dubitative. Fanny lui expliqua alors que couper les cheveux leur permettait de pousser plus vite avec plus de force. « C'est pareil pour les arbres ! » précisa-t-elle. Rassurée par la comparaison, la petite fille accepta les coups de ciseaux de la professionnelle. Elle oublia l'affront de sa copine pour se laisser complètement captiver par les gestes incroyables de la coiffeuse, qui dégradait légèrement ses mèches afin d'obtenir un ensemble harmonieux. Fascinée par la magie des mains de Fanny, qui transformait l'allure de son visage, elle finit ce tout premier rendez-vous chez le coiffeur satisfaite du résultat. Ses cheveux avaient certes raccourci, mais son optimisme hérité de son père la poussait toujours à choisir l'aspect positif dans tout événement. Le regret des cheveux de bébé allait immerger Rebecca ; mais elle résista à ce courant de nostalgie en puisant la force dans la réaction de Talia.

Après avoir vivement remercié Fanny, Rebecca prit la main de Talia, collante du sucre de la sucette offerte au salon. Sur le chemin du retour, elles s'arrêtèrent à leur boulangerie préférée pour acheter un pain au chocolat à Talia et une baguette aux céréales bien chaude pour le dîner. Rebecca ajouta une part de flan, qu'elle s'autorisa spontanément, sans trop réfléchir.

Le soir, Boaz fut stupéfait par la coiffure de sa fille.

« Tu es superbe Talia ! Tu as voulu faire plus grande avec cette coupe de cheveux ? C'est pour tes sept ans ou quoi ?

— Papa, je suis allée chez la coiffeuse de maman tout à l'heure ! Je vais être coiffeuse quand je serai plus grande ! Tu n'as jamais vu ça ! Fanny a de la magie dans ses mains quand elle utilise ses ciseaux ! »

Tandis que Talia filait s'admirer dans le miroir de l'entrée pour vérifier les propos de son père, Rebecca racontait à son mari l'aventure de l'après-midi. Elle ressentait une fierté nouvelle d'avoir réussi à résoudre le malaise de leur fille, sans s'y être plongée avec elle.

Chapitre 31

La petite fille avait beaucoup pleuré. Un jour, elle était devenue mère et elle avait continué à pleurer. Le séjour à la montagne avait permis à cette mère de grandir. La sensation de bien-être que Rebecca avait éprouvée dans les hauteurs enneigées lui avait permis de se connecter à ses propres sensations pour les écouter. Elle avait alors ouvert le dialogue en elle-même entre son corps et son esprit. Le combat mené depuis son enfance devenait un rapport plus serein. Elle pouvait enfin se réapproprier des émotions que la petite fille qu'elle avait été n'avait pas comprises. Abandonnée par sa mère à l'âge où elle commençait à lire et à écrire, élevée par un père sécurisant sur le plan matériel mais qui lui avait infligé des émotions négatives trop fortes pour une enfant, Rebecca avait grandi seule face à un monde menaçant.

Forte de cette prise de conscience, elle pouvait à présent s'emparer de sa vie, capable d'analyser ce qui l'entourait grâce à une confiance retrouvée. Voilà ce qui s'était formé dans le mystérieux cocon de neige que Boaz n'avait pas réussi à percer.

Chapitre 32

Un soir après le dîner, Talia se précipita à la salle de bain. Elle avait entamé le rituel du coucher sans même avoir pris le temps de manger ses trois fruits habituels du dessert.

« Maman, vite, j'ai très envie de faire pipi. Je ne peux plus me retenir !

— Oui oui ma puce, on y va ! répondit Rebecca en lui emboîtant le pas.

— Tu sais maman, je sais que ce n'est pas bien mais ça m'arrive ultra souvent de me retenir pendant très longtemps. Je me rassure en me disant "pas grave, j'irai après". Mais après, c'est déjà trop tard !

— C'est normal Talia, tous les enfants font ça. Ils veulent jouer le plus longtemps possible, sans s'interrompre pour aller aux toilettes. Du coup, ils se retiennent jusqu'à l'extrême limite !

— C'est vrai maman ? Oh là là ! Tu me soulages tellement là ! Tu n'as pas idée comme ça me stresse quand je fais ça. J'ai toujours en tête ce que tu me répètes à chaque fois, qu'il ne faut pas se retenir pour ne pas faire éclater son ventre. Je sais très bien que c'est toi qui sais, puisque tu es ma mère. Mais je ne peux pas m'empêcher de ne pas t'écouter parce que j'ai toujours la flemme d'aller aux toilettes.

— Quand tu le peux, essaye de ne pas te retenir. Mais surtout, je t'en prie, ne te stresse pas si tu n'y arrives pas.

— Je suis tellement soulagée, mais tellement ! s'enthousiasma la petite fille, qui serrait fort sa mère dans les bras.

— Tu sais ma chérie, tu dois toujours me dire ce qui t'inquiète. Moi j'aurai toujours une clé à te donner pour t'enlever cette impression de te sentir trop serrée dans ton cœur ou dans ta tête… Enfin, tu vois ce que je veux dire ? »

Rebecca essayait de rendre accessible à sa fille ce qu'elle avait mis plus de trente ans à comprendre elle-même.

« Oui, je crois… comme si j'étais entre deux murs qui me coincent de plus en plus fort ?

— Exactement… Je suis comme toi. Je peux me stresser très facilement… Papa ne ressent jamais ça lui, il ne peut pas réaliser… Tu ne dois jamais hésiter à me raconter quand tu as cette sensation. Je te donnerai toujours une clé pour y mettre fin. Tu sais, quand j'étais petite, personne n'a jamais vraiment cherché à comprendre mes angoisses pour m'aider à m'en libérer… Personne ne m'a donné aucune clé pour que je parvienne à me sentir moins étouffée… Toi au contraire, tu as ta maman qui en a plein dans son sac ! Et petit à petit en grandissant, tu n'auras plus besoin de moi ; tu seras capable de trouver toute seule la clé dont tu as besoin. »

Les yeux aimantés à ceux de sa mère, Talia absorbait ses paroles pendant que celle-ci lui brossait les dents. Elle se glissa ensuite au chaud dans le confort de sa couette, et confia à Rebecca une dernière pensée :

« Quand je serai grande, je raconterai cette histoire à un enfant.

— Quel enfant ? demanda Rebecca, qui n'était pas sûre de suivre sa fille.

— Le mien, répondit-elle.

— C'est incroyable Talia, j'étais en train de me dire que si je devais un jour écrire un livre, je ferais de cette conversation un chapitre… »

Profondément émue par cet échange de fin de journée, Rebecca rayonnait dans son cœur de plusieurs éclats. L'osmose avec Talia la remplissait de joie. Elle sentait toute sa responsabilité de mère, qui ne l'accablait plus mais qui la comblait au plus haut point. Elle réalisait toute l'influence bénéfique qu'elle pouvait exercer sur son enfant. Sa fibre maternelle vibrait de comprendre l'impact de ses paroles dans la construction de sa fille. Elle acceptait enfin de donner naissance à une descendance dont elle serait le maillon originel. Un maillon pétri d'estime de soi qui allait résister au souffle de ses angoisses.

Chapitre 33

Quand Rebecca se blottit sous sa couette ce soir-là, une sérénité se diffusait en elle. Elle offrit son corps apaisé à la tendresse de Boaz, et se glissa ensuite dans un profond sommeil, qui la projeta en plein cœur d'une campagne verdoyante.

Elle gravissait une montagne inondée de lumière printanière. Le soleil réchauffait le paysage, son corps, son cœur. Elle avançait sans effort, pleine d'une énergie bienfaisante, qui propulsait son regard vers un ciel lavé des ombres du passé. Peu à peu, de fines ailes blanches brodaient l'espace. Un sentiment de légèreté l'envahissait progressivement. Apparurent alors des figures enchantées, qui émergeaient de mondes féériques de l'enfance ; elles procuraient une saveur de réconfort. Rebecca leur donnait la main. Elle se réconciliait avec son passé pour accepter ce qu'elle était devenue, comblée par la maternité. Elle observait lentement son corps ; elle réalisait qu'il s'était arrondi par l'amour et la vie. Elle laissait derrière elle, sans regret, un corps plus sec, plus blessé ; un corps qui s'était débattu dans la solitude.

Elle décida alors de ne pas sauter pour plonger. Au contraire, elle prit son envol. Un, deux, trois… un nombre infini de danseurs entamaient une chorégraphie aérienne. L'un d'eux tendit sa main à Rebecca. Elle lâcha prise pour quitter le sommet de la montagne. Elle flottait dans les airs. Elle débordait d'une joie paisible. Elle entreprit ensuite sa descente vers la terre, fière d'avoir sa liberté, les yeux ouverts sur la beauté de ce qui l'entourait, le corps cicatrisé par la chaleur du présent.

Ce corps allait se préparer à accueillir, cette nuit-là, son second enfant.

Chapitre 34

Un dimanche matin de début mars, la pluie ne cessait de s'abattre sur la ville. Le lampadaire du salon était déjà allumé tellement il faisait sombre. Rebecca, encore enveloppée dans sa robe de chambre molletonnée, se blottit sous le plaid douillet de son canapé pour commencer la lecture du dernier roman de David Foekinos. Claudine avait confié la mission à son employée de lire les nouveautés pour mieux conseiller les clients de la librairie. De son côté, Talia tournait en rond autour de la table basse, essayant comme elle pouvait d'attirer le regard de sa mère. Boaz, refusant d'être dépendant de la météo, était parti courir une bonne heure pour renforcer sa résistance cardiaque.

La petite fille canalisa son attention sur la photo de mariage de ses parents. Son père portait un smoking bleu marine avec une belle chemise blanche. Talia aimait beaucoup son nœud papillon ; elle trouvait amusant de voir son père, le boxeur, avec un accessoire aussi féminin ! C'était surtout la robe de sa mère qu'elle admirait. Elle devinait son corps de danseuse à travers sa pose. Rebecca se tenait droite dans son bustier, qui mettait en valeur sa taille très fine. Elle soulevait le bout de sa traîne faite de taffetas avec la grâce de celle qui avait pratiqué la scène.

« Maman, tu as encore ta robe de mariée ?

— Je crois, oui.

— Je peux l'essayer ?

— Mais tu es trop petite Talia !

— Alors tu peux la mettre toi ?

— Je ne sais même pas où je l'ai rangée ! »

À ce moment-là, Talia entendit les clés dans la porte d'entrée. Son père revenait de la course juste à temps. Elle se jeta dans ses bras, malgré la sueur qui la repoussait en temps normal.

« Papa, tu sais où est la robe de mariée de maman ?

— Oui bien sûr ! Dans la cave.

— Tu peux aller la chercher s'il te plaît ? »

Interloqué, Boaz interrogea du regard sa femme. Elle lui sourit, gênée. Il comprit qu'il pouvait satisfaire le désir de sa fille, et peut-être même celui de Rebecca. Sa tenue de jogging imbibée de transpiration l'incita encore plus à se rendre directement dans cette cave poussiéreuse, avant même de prendre sa douche. En moins de cinq minutes, il entrait dans le salon chargé d'une délicate valise de coton blanc.

D'une gestuelle ralentie, Rebecca sortit de la torpeur de son plaid ; elle se baissa pour ouvrir l'emballage déposé sur le parquet. Elle déploya doucement la robe qui l'avait parée le plus beau jour de sa vie. Sous les yeux émerveillés de Talia, elle déplia complètement le vêtement qui éclairait de sa blancheur l'obscurité du salon. Le silence enveloppait le retour de la robe de mariée en plein milieu de la pièce familiale. Sans rien dire, Rebecca se retira dans sa chambre avec sa tenue.

Boaz eut alors une idée. Il chercha sur YouTube le titre qu'ils avaient choisi pour faire leur entrée à la soirée de leur mariage. Il connecta son téléphone au haut-parleur du salon pour lancer la chanson *XXL*.

Splendide dans sa robe qui lui allait encore, Rebecca réapparut. Talia semblait éblouie par l'éclat de sa mère embellie par sa tenue soyeuse. Quand la jeune femme reconnut les paroles de sa chanteuse favorite, elle se mit à chanter le refrain :

On a besoin d'amour
Besoin d'un amour XXL
On veut de l'amour XXL

Boaz enchaîna avec elle :

Qu'on soit des filles de
l'histoire, rares
Qu'on soit des filles des
Fleurs de trottoirs

Talia explosa de joie devant le spectacle inattendu de ses parents. Elle se joignit à eux et les trois se mirent à danser au rythme de cet hymne à la femme qu'avait choisi Rebecca pour célébrer son union avec Boaz.

La petite fille fan de Mylène Farmer, devenue femme grâce à l'amour de Boaz, assumait son rôle de mère en rejouant son mariage, à cette différence près que la présence de sa fille arrivait enfin à effacer les doutes qui l'avaient empêchée jusqu'à présent de se sentir pleinement vivante.

Épilogue
Quatre mois plus tard…

Rebecca sentait toute la puissance de son corps. Forte de ses deux amours dans chacune de ses mains, l'une serrée par Boaz, l'autre par Talia, elle avançait vers la mer. Les cris de joie de sa fille aux premiers contacts de l'eau l'inondaient de bonheur.

Vus de dos, ces trois corps racontaient leur histoire. Un corps déséquilibré par le poids du ventre arrondi, un corps menu agité par le jeu des vagues, un corps musclé sur lequel les deux autres et celui en devenir pouvaient s'appuyer. La chevelure rousse de Rebecca, aux reflets lumineux du soleil, peignait dans l'air marin l'amour incandescent qui jaillissait de ces trois êtres unis par un lien inébranlable.

Remerciements

Je témoigne ma profonde gratitude à :

Mon mari, ma moitié, le seul qui sait me pousser jusqu'au bout de mes passions… Grâce à lui, le désir d'écrire a pu aboutir à mon premier roman ;

Ma mère, sa fibre maternelle vibre de cet amour inconditionnel qui permet d'élever l'enfant, de le guider vers l'âge adulte, de l'accompagner dans ses choix ;

Mes enfants, mes sources d'inspiration et mes souffles de vie ;

Mes grands-parents maternels, pour avoir fait rayonner le verbe aimer dans tous ses éclats ;

Mon frère, sa lumière a toujours su m'éclairer ce qui aurait pu rester dans l'ombre ;

Abigaïl, pour son précieux regard critique au fil des chapitres ;

John, Dana et Sam, pour leur soutien sans relâche dans mon projet d'écriture ;

Catherine, pour m'avoir aidée à dénouer les fils du passé ;

Enfin et surtout, aux éditions Le Lys Bleu, pour m'avoir permis d'entrer dans leur cercle d'écrivains, me donnant ainsi la chance de partager mon premier roman avec les lecteurs.

Imprimé en Allemagne
Achevé d'imprimer en novembre 2022
Dépôt légal : novembre 2022

Pour

Le Lys Bleu Éditions
40, rue du Louvre
75001 Paris